T0278557

COLECCIÓN
LA MUJER CÍCLOPE

MAL TRAGO
TENNESSEE WILLIAMS

TRADUCCIÓN DE BÁRBARA MINGO

errata naturae

PRIMERA EDICIÓN: mayo de 2010
TÍTULO ORIGINAL: *Hard Candy. A Book of Stories*

HARD CANDY by Tennessee Williams
©1954, renewed 1983 by the University of the South.

© Errata naturae editores, 2010
José Serrano 2, 4º dcha.
28053 Madrid

info@erratanaturae.com
www.erratanaturae.com

© de la traducción, Bárbara Mingo, 2010

ISBN: 978-84-937889-0-2
DEPÓSITO LEGAL: S. 473-2010

DISEÑO DE PORTADA E ILUSTRACIONES: David Sánchez
MAQUETACIÓN: Natalia Moreno
IMPRESIÓN: Kadmos

IMPRESO EN ESPAÑA − PRINTED IN SPAIN

Índice

Tres jugadores de un juego de verano

EL *CROQUET* ES UN JUEGO DE VERANO que, es curioso, parece estar compuesto de las mismas imágenes con que un pintor armaría la idea abstracta del verano, o de uno de sus juegos. Los endebles arcos de alambre colocados en un césped de suave esmeralda que en algunos puntos fulgura encendido y que en otros descansa bajo una sombra violeta; los palos de madera pintados de colores chillones, como momentos que destacan en una época que supuso una lucha en pos de algo de indecible importancia para quien la atravesaba; las lisas y macizas esferas de madera de diferentes colores y la forma robusta y rígida de los mazos que empujan las bolas bajo los arcos; la disposición formal de los arcos y los postes sobre el campo de juego… todos ellos son como la abstracción que realiza un pintor del verano y de un juego en él jugado. Y no soy capaz de pensar en el *croquet* sin percibir un sonido parecido al remoto estruendo del cañón que anuncia la llegada de un barco blanco a la bahía que lo esperó ansiosamente durante mucho tiempo. El sonido que resuena a lo lejos es el de un toldo a rayas verdes y blancas que cubre la galería de una casa blanca de madera. La casa es de un estilo victoriano llevado al extremo de la improvisación, un abigarramiento casi grotesco de galerías y torrecillas y cúpulas y aleros, todos recién pintados de blanco, de un blanco tan reciente que tiene el brillo blanco-azulado de un bloque de hielo al sol. La casa es como un nuevo propósito que no se ha visto empañado aún por deserción alguna. Y asocio este juego de verano con jugadores saliendo de esa casa, de los misterios tras sus paredes, con el aire optimista de las personas recién liberadas de un encierro sofocante, como si hubieran pasado el intenso día atados en un armario, y pudieran por fin respirar libremente en una atmósfera fresca y moverse sin impedimento. Sus ropas son tan livianas en peso y en color como los favorecedores trajes de los bailarines. Los jugadores son tres: una mujer, un hombre y una niña.

La voz de la mujer no es alta en absoluto y aun así tiene una grata resonancia que la transporta más lejos de lo que la mayoría de las voces suele llegar; la intercala con carcajadas de tiple, que alcanzan más altura que la propia voz y tienen un sonido fresco como trozos de hielo en un vaso de cóctel. Los movimientos de esta jugadora, incluso más que los de su rival masculino, tienen la agradecida velocidad del recién salido de un encierro sofocante, tienen la velocidad de la respiración liberada justo después de un instante de terror, de los dedos desasidos cuando el pánico ha pasado de pronto o de un grito que amaina hasta convertirse en risa. Parece incapaz de hablar o de moverse con moderación: se desplaza en ráfagas convulsas, batiendo las faldas con grandes zancadas que se aceleran hasta la carrera. Las agitadas faldas son blancas. Despiden un leve crujido cada vez que sus inquietos muslos las abren al moverse, como el sonido que nos llega, muy disminuido por la distancia, cuando con el buen tiempo las ráfagas irregulares de viento inflan y desinflan las velas de un barco. A ese agradable y fresco sonido de verano lo acompaña otro aún más fresco, el incesante y sutil parloteo de las cuentas que cuelgan en largas vueltas de su cuello. No son perlas, pero tienen un brillo lechoso, son pequeños óvalos blancos levemente moteados, huevos de pájaro pulidos, endurecidos y ensartados en brillantes filamentos de plata. La jugadora no está quieta ni un momento, a veces se agota a sí misma y se desploma sobre la yerba, con la actitud consciente de una bailarina. Es una mujer delgada de largos huesos, con la piel de un lustre sedoso y los ojos sólo un matiz o dos más oscuros que los huevos de pájaro teñidos de azul que cuelgan de su cuello. Nunca está quieta, ni siquiera cuando se ha caído agotada en la yerba. Los vecinos creen que se ha vuelto loca, pero no le tienen lástima, y eso, por supuesto, se debe a su contrincante masculino en el juego.

Este jugador es Brick Pollitt, un hombre tan alto y con un remate de pelo de un rojo tan chillón en la cabeza que ya no puedo ver el asta de una bandera clavada en el verde césped o, incluso, una cruz o veleta particularmente brillante en un campanario sin pensar de inmediato en aquel largo verano y en Brick Pollitt y empezar a repasar de nuevo los desconcertantes pedazos y piezas que componen su leyenda. Esos trocitos y piezas, esas imágenes variadas, son como los aparejos del *croquet* que se recogen del campo cuando el juego ha acabado, y se disponen con cuidado en una caja de madera alargada en la que encajan perfectamente, llenándola. Todos ellos son —los pedazos y las piezas, las imágenes— la, a primera vista, incongruente parafernalia de un verano que fue el último de mi infancia, y ahora los saco de la caja alargada y los vuelvo a disponer sobre el césped. Sería absurdo pretender que éste es el modo exacto en el que ocurrieron las cosas; sin embargo, puede acercarse más que un relato literal a la verdad escondida. Brick Pollitt es el jugador masculino de este juego de verano, y es un bebedor que aún no ha perdido del todo la cabeza bajo los hachazos salvajes del alcohol. Ya no es tan joven, pero aún conserva algo de la esbelta gracia de su juventud. Le saca una cabeza a la espigada mujer que juega con él. Es un hombre tan alto que, incluso en aquellas secciones del césped atenuadas bajo la sombra violeta, su cabeza continúa atrapando encendidos rayos del sol que se pone, igual que la inmensa mano dorada que corona ese campanario protestante de Meridian sigue recibiendo durante un buen rato el sol sobre el gigantesco índice que apunta al cielo, cuando ya todas las superficies más bajas se han sumido en el persistente crepúsculo.

El tercer jugador del juego de verano es la hija de la mujer, una rechoncha niña de doce años llamada Mary Louise. La niña había conseguido caer mal al resto de los niños del vecindario, al imitar con inquietante precisión a su madre en las elegantes maneras y el cultivado tono de voz de la Costa Este. Se sentaba en el automóvil eléctrico, en uno de esos mullidos almohadones de seda en los que las ricas tumban a sus perritos falderos, soltando agudas carcajadas más propias de una señora, sacudiendo los rizos, usando expresiones de adulto como «¡Oh, es delicioso!» y «¿No es una monada?». A veces se pasaba ella sola toda la tarde sentada en el coche eléctrico como si estuviera expuesta en una caja de cristal, y sólo de vez en cuando alzaba una voz lastimera para llamar a su madre y preguntarle si ya podía entrar o si podía conducir el coche alrededor de la manzana, para lo que a veces conseguía permiso.

Yo era su único amigo cercano y ella era la mía. A veces me invitaba a jugar al *croquet* con ella, pero eso era sólo cuando su madre y Brick Pollitt habían desaparecido dentro de la casa demasiado temprano como para echar una partida. Mary Louise sentía pasión por el *croquet*; le gustaba por el juego en sí, sin mayores ni más enigmáticas implicaciones.

Entender lo que el juego significaba para Brick Pollitt requiere más información sobre la vida de Brick previa a aquel verano. Tenía una plantación en el Delta y había sido un celebrado atleta en Sewanee que se había casado con una joven de Nueva Orleans que había sido reina del Mardi Gras y cuyo padre poseía un negocio de barcos «banana». En principio parecía un matrimonio acertado, al que ambas partes aportaban riqueza y prestigio, pero en sólo dos años él había empezado a tontear con el alcohol y Margaret, su mujer, empezó a ser elogiada por su paciencia y su lealtad hacia Brick. Brick parecía estar echando su vida a perder, como si fuera algo repugnante que hubiera encontrado inesperadamente entre sus manos. Este asco hacia sí mismo le había salido al paso con la brusquedad y la violencia de un choque en una autopista. ¿Pero contra qué había chocado Brick? Nada que nadie pudiese conjeturar, pues parecía tener todo lo que un hombre joven como él podría esperar o desear conseguir. ¿Hay algo más? Algo debía de haber que quería y que le faltaba, o si no ¿por qué razón iba a desperdiciar su vida y echar mano de un vaso que ya no soltaba ni una sola hora de las que pasaba despierto? Su mujer, Margaret, se hizo cargo de los diez mil acres de la plantación con tanta firmeza y seguridad como si no hubiera nacido para otro cometido. Tenía un poder notarial de Brick y se ocupaba de todo lo relacionado con sus negocios con aplaudida sagacidad. «Saldrá de ésta», decía ella. «Brick superará el trance que está pasando». Siempre decía lo correcto: adoptaba la actitud convencionalmente acertada y se la expresaba al mundo, que la admiraba por ello. Nunca había apostatado de la fe social en la que había nacido y todos la admiraban como una mujercita extraordinariamente fina y valiente que soportaba una carga excesiva. Las dos mitades de un reloj de arena no podrían haberse vaciado y llenado de modo tan uniforme como Brick y Margaret se cambiaron el puesto cuando él le cogió gusto a la bebida. Era como si ella tuviese los labios pegados a una herida invisible en el cuerpo de él, a través de la cual absorbía y hacía fluir en sí la seguridad y vitalidad que él había poseído antes del matrimonio. Margaret Pollitt perdió su belleza pálida y femenina y asumió en su lugar algo más imponente: una suerte de apostura firme y agreste que salía de su indefinida crisálida tan misteriosamente como las metamorfosis que se dan en la vida de los insectos. Habiendo sido muy guapa, pero poco definida, como un grácil dibujo trazado con un lápiz muy suave, cobró viveza a medida que Brick iba difuminándose tras el velo de los vapores alcohólicos. Ella salió de una niebla. Se elevaba a la claridad a medida que Brick se hundía. De golpe, dejó de ser callada y delicada. Ahora solía llevar las uñas sucias, que cubría con esmalte escarlata. Cuando el esmalte se desconchaba, el gris asomaba por debajo. Se cortó el pelo para no tener que «pelearse con él». Lo llevaba al albur del viento y lleno de brillos; apenas le pasaba un peine y el cabello respondía. Tenía los dientes blancos y un poco grandes para sus finos labios y cuando echaba la cabeza hacia atrás al reírse, los tensos músculos se le marcaban como cables en el cuello levemente oscuro. Tenía una risa resonante que podría haberle robado a Brick cuando estaba borracho o durmiendo a su lado por la noche. Tenía la costumbre de liberar el embrague del coche y salir a toda pastilla en el preciso instante en que su risa estallaba, no diciendo adiós sino sacando hacia atrás un fuerte brazo desnudo, como un pistón con los dedos apretados en el puño, mientras el coche iba cogiendo velocidad y desaparecía en una nube de polvo amarillo. Casi nunca conducía ya el pequeño utilitario, sino el gran Pierce Arrow de Brick, ya que a Brick le habían retirado el permiso de conducir. Margaret solía saltarse el límite de velocidad en la autopista. La policía la paraba, pero ella mostraba tal afabilidad y unas maneras tan cautivadoras, que reían juntos, ella y el policía, y él acababa por romper la multa.

Alguien de su familia murió aquella primavera y Margaret viajó hasta Memphis para asistir al funeral y recoger su herencia, y mientras ella estaba en ese viaje tan beneficioso, Brick Pollitt se sustrajo un poco a su control. Hubo otra muerte durante su ausencia. El joven y amable doctor que se ocupaba de Brick cuando tenían que llevarlo al hospital se puso enfermo de repente de un modo espantoso. Una horrible flor le creció en el cerebro como un rubicundo geranio que revienta el tiesto en el que crece. De un día para otro de su boca salían las palabras que no eran, parecía estar hablando en una lengua desconocida, no podía encontrar las cosas con las manos, hacía gestos agitados delante de la frente. Su mujer lo llevaba por casa de la mano y, aun así, se trastabillaba y caía de bruces; se le había escapado el aliento, y tenían que acostarlo su mujer y el jardinero negro, y él yacía ahí, riendo débilmente, con incredulidad, tratando de encontrar la mano de su mujer con las suyas, mientras ella lo miraba con ojos en los que no podía evitar que resplandeciera el terror. Estuvo drogado durante una semana, y Brick Pollitt fue a visitarle en esos momentos. Brick llegó y se sentó con Isabel Grey junto a la cama de su marido moribundo y ella no podía hablar, sólo podía sacudir la cabeza, sin pausa, como un metrónomo, sin labios visibles en su lívido rostro salvo dos estrechas franjas marcadas en un blanco más vago, que se agitaban como si un líquido blanco manara debajo de ellas con una velocidad y violencia increíbles que las hacía temblar…

«Dios» era la única palabra que fue capaz de decir, pero Brick Pollitt de algún modo comprendió lo que quería decir con esa palabra, como si estuviese en un idioma que sólo ella y él, entre toda la gente, pudiesen hablar y entender; y cuando los ojos del moribundo se abrieron con violencia sobre algo que ellos no pudieron soportar mirar, fue Brick, sus manos repentinamente seguras y dispuestas, quien llenó la jeringuilla hipodérmica por ella y vació con firmeza su contenido en el duro y joven brazo del marido. Y se acabó. Había otra cama al fondo de la casa y él e Isabel se tumbaron uno junto al otro durante un par de horas antes de dar a conocer al pueblo que la agonía de su marido estaba cumplida, y el único movimiento entre ellos fue el cavar intermitente y espasmódico de sus uñas en la palma apretada del otro, mientras sus cuerpos yacían fríamente separados, deliberadamente sin tocarse en ningún otro punto, como si abominaran de cualquier otro contacto mientras aquella cosa intolerable estuviera tañendo como una campana de hierro que los atravesaba.

Así que ya veis en qué consistía el juego de verano sobre el césped sombreado: era un escapar juntos de un lugar insoportablemente caliente y brillante hacia un lugar oscuro y fresco…

La joven viuda quedó sin nada en lo que a posesiones materiales se refiere, si descontamos la casa y el coche eléctrico, pero para cuando la mujer de Brick, Margaret, volvió de su provechoso viaje a Memphis, Brick se había hecho cargo de los detalles posteriores a la catástrofe de la vida de la viuda. Durante una o dos semanas, la gente pensó que era muy amable por su parte y luego, de golpe, la opinión de la gente cambió y se decidió que los motivos de la amabilidad de Brick no eran en absoluto nobles. A los observadores les parecía que la viuda era ahora su amante, y era cierto. Era cierto en el modo limitado en que la mayor parte de las opiniones son ciertas. Es sólo el exterior del mundo de una persona lo que es visible a los otros y todas las opiniones son falsas, especialmente las opiniones públicas sobre casos individuales. Ella era su amante, pero ése no era el motivo de Brick. Su motivo tenía que ver con aquel casto entrelazamiento de sus manos la primera vez que estuvieron juntos después de la inyección; tenía que ver con aquellas horas que ahora se retiraban y desvanecían tras ellos, tal y como todas las horas similares deben hacer, pero ninguno de ellos habría sido capaz de decir qué otra cosa podía ser. Ninguno de ellos era capaz de pensar con mucha claridad en el asunto. Pero Brick era capaz de calmarse un rato y hacerse cargo de aquellos pormenores posteriores a la catástrofe de la vida de la joven viuda y de su hija.

La hija, Mary Louise, era una rechoncha niña de doce años. Durante aquel verano se hizo amiga mía. Mary Louise y yo cogíamos luciérnagas y las metíamos en tarros de conservas para hacer linternas parpadeantes, y también jugábamos al *croquet* cuando su madre y Brick Pollitt no tenían ganas de jugar. Fue Mary Louise quien me enseñó, aquel verano, a combatir las picaduras de los mosquitos.

Los mosquitos la breaban, y a mí también. Me advirtió que si me rascaba las picaduras me quedarían cicatrices en la piel, que yo tenía tan delicada como la suya. Le dije que a mí no me importaba. «Algún día te importará», me dijo ella. Ella llevaba consigo constantemente aquel verano un trozo de hielo en un pañuelo. Cada vez que un mosquito la picaba, en lugar de rascarse la picadura la frotaba suavemente con el trozo de hielo envuelto en el pañuelo hasta que la picadura se congelaba y dejaba de escocer. Por supuesto, a los cinco minutos el escozor volvía, y había que frotarla otra vez, pero poco a poco iba desapareciendo sin dejar marca. La piel de Mary Louise, allí donde no estaba temporalmente lacerada por una picadura de mosquito o por una ligera roncha que le aparecía a veces cuando comía helado de fresa, era asombrosamente suave y tierna. La asociación no es del todo apropiada, pero ¿cómo es posible rememorar un verano de infancia sin caer en cierta impropiedad? No puedo recordar las regordetas piernas y brazos desnudos de Mary Louise, perfumadas con polvos de guisantes de olor, sin pensar en un paseo vespertino que nos dimos en el coche eléctrico hasta el pequeño museo de arte que habían abierto hacía poco en la ciudad. Llegamos allí justo antes de la hora del cierre a las cinco de la tarde y, directa como una abeja, Mary Louise me llevó a una sala dedicada a las reproducciones de esculturas antiguas famosas. Había un hombre desnudo reclinado (el «Gálata moribundo», creo), y fue a esta estatua a la que me llevó sin titubeo. Empecé a ruborizarme antes de que llegásemos. Estaba desnudo, salvo por una hoja de parra, que era de un metal de color diferente que el bronce de la figura postrada, y para mi espanto, aquella tarde, Mary Louise, después de mirar con rapidez y malicia en todas direcciones, levantó la hoja de parra, la retiró de aquello que cubría, y luego volvió sus ojos completamente desinhibidos e inocentes hacia los míos y preguntó, con una gran sonrisa: «¿La tuya es como ésta?».

Mi respuesta fue propia de un idiota, dije: «No lo sé», y creo que el rubor no me abandonó hasta mucho después de que hubiéramos salido del museo.

Cuando en la primavera el doctor murió de cáncer, la casa de los Grey estaba muy abandonada. Pero poco después de que Brick Pollitt empezara a visitar a la joven viuda, la pintaron; la pintaron tan blanca que casi parecía de un azul muy pálido; tenía el brillo blancoazulado de un bloque de hielo al sol. Un aspecto fresco parecía ser lo más ansiado de aquel verano. A pesar de sus rojos cabellos, Brick Pollitt presentaba un aspecto fresco porque era todavía joven y delgado, tan delgado como la viuda, y se vestía, igual que ella, con ropa de tejidos y colores ligeros. Sus camisas blancas parecían de un rosa pálido por la piel que dejaban transparentar. Una vez lo vi a través de una ventana del piso superior de la casa de la viuda, justo un momento antes de que bajara la persiana. Yo estaba en una ventana del piso de arriba de mi casa y vi que Brick Pollitt estaba dividido en dos colores tan diferentes como las barras en una bandera: su parte superior, la que había estado expuesta al sol, era casi escarlata, mientras que la mitad inferior era tan blanca como una hoja de papel.

Mientras pintaban la casa de la viuda (por cuenta de Brick Pollitt), ella y su hija se instalaron en el Hotel Alcazar, también por cuenta de Brick. Brick supervisaba la renovación de la casa de la viuda. Conducía desde su plantación cada mañana para vigilar los trabajos de los pintores y los jardineros. A Brick le habían devuelto el carnet de conducir, y poder llevar su propio coche de nuevo supuso un paso importante en su renovación personal. Lo conducía con minuciosa precaución y formalidad, respetando el *stop* en cada cruce de la ciudad, tocando la bocina de plata en cada esquina, invitando a los peatones a pasar delante de él, con sonrisas e inclinaciones de cabeza y grandes gestos circulares de las manos. Pero los observadores no aprobaban lo que estaba haciendo Brick Pollitt. Compadecían a su esposa, Margaret, aquella valiente y pequeña mujer que tanto tenía que aguantar. En cuanto a la viuda del doctor Grey, no llevaba mucho tiempo en la ciudad; el doctor se había casado con ella cuando era interno en un gran hospital de Baltimore. Nadie tenía una opinión formada de ella antes de que el doctor muriera, así que no suponía ningún esfuerzo, después, condenarla sin más, sin ninguna reserva, como una ramera, vulgar en todo salvo en su «afectación».

Brick Pollitt, cuando se dirigía a los pintores de la casa, les gritaba como si fueran sordos, para que los vecinos pudieran oír lo que decía. Así le explicaba cosas al mundo; en concreto su problema con la bebida.

«Es algo», gritaba, «que uno no puede cortar de raíz. Ése es el gran error que cometen la mayoría de los bebedores, intentan cortarlo completamente, y no puedes hacer eso. Puedes hacerlo, quizá, durante un mes o dos, pero de golpe vuelves a ello con mucho más ímpetu que cuando lo dejaste, y el desánimo es entonces terrible: pierdes toda fe en ti mismo y te rindes, sencillamente. El modo de enfrentar el problema, lo que hay que hacer, es lo mismo que un torero al lidiar un toro en la arena. Ir desgastándolo poco a poco, ir tomando el control de manera gradual. ¡Y así es como estoy lidiando yo con lo mío! Eso es. Ahora, pongamos que te levantas por la mañana deseando un trago. Pongamos que son las diez, por ejemplo. Bueno, entonces te dices: "Aguanta sólo media hora, compañero, y podrás tomar uno". Bien, a las diez y media todavía quieres esa copa, y la quieres un poco más de lo que la querías a las diez, pero te dices: "Muchacho, has podido pasar sin ella hace media hora, así que podrás pasar sin ella ahora". Y ya veis, éste es el modo en el que tenéis que tratar el asunto vosotros mismos porque un hombre que bebe no es una persona, un hombre que bebe son dos personas: una que agarra la botella, la otra que lucha contra él para que no lo haga —no una, sino dos personas luchando entre sí por el control de una botella—. Bien, señor, si puedes convencerte de no tomar un trago a las diez, ¡puedes convencerte de no tomar un trago a las diez *y media*! Pero a *las once* la necesidad de una copa es más fuerte. Y *esto* es lo que hay que recordar sobre ese lance. Tienes que vigilar esos pasos, y cuando hayan golpeado demasiado fuerte contra tu capacidad de resistencia, tienes que ceder un poco. Eso no se llama debilidad. *¡Eso se llama estrategia!* Porque no olvidéis lo que os he dicho. Un hombre que bebe no es una persona, sino dos, y entre ellas se da una lucha de ingenios. Así que a las once me digo: "¡Muy bien, *toma* tu copa a esa hora! ¡Anda y *tómatela*! ¡Una copa a las once no te hará daño!"».

«¿Y ahora qué hora es? ¡Vaya! Las once… Muy bien, me voy a tomar esa copa. Podría aguantar sin ella, no es que me muera por ella, pero lo importante es…».

Su voz se iba apagando mientras entraba en casa de la viuda. Permanecía dentro más tiempo del que lleva beberse una copa, y cuando salía había en su voz un cambio tan definido como un cambio de tiempo o de estación, y el tono fuerte y vigoroso se había vuelto un poco impreciso.

Entonces le daba por hablar de su mujer: «Yo no digo que mi mujer Margaret no sea una mujer inteligente. Lo es, y los dos lo sabemos, pero para los bienes inmuebles no tiene cabeza. Bueno, ya sabéis quién era el doctor Grey, que vivía aquí antes de que lo matara esa cosa en el cerebro. Sí, él era mi médico, me ayudó a recuperarme de la mala temporada en la que tuve aquel problema con la bebida. Sentía que le debía mucho. La verdad es que fue una cosa horrible la manera en la que se fue, pero también fue algo horrible para su viuda; se quedó aquí con la casa y con el coche eléctrico, y eso es todo, y esta casa se puso a la venta para pagar sus deudas, y… bueno, yo la compré. La compré, y ahora se la devuelvo. Ahora, mi mujer, Margaret, ella. Y un montón de otra gente, también. No entienden esto…».

«¿Qué hora es? ¿Las doce? ¡Mediodía! Este hielo se ha derretido…».

Volvía titubeando a la casa y se quedaba allí media hora, y cuando salía lo hacía de manera bastante tímida, mientras la puerta de tela metálica crujía triste y vacilante empujada por la mano que no llevaba el vaso, pero después de descansar un poco en los escalones reanudaba su charla con los pintores de la casa.

«Sí», decía, como si se hubiese interrumpido hacía sólo un instante, «ésa es la cosa más hermosa que una mujer le puede dar a un hombre: el respeto que él se ha perdido; y la cosa más miserable que un ser humano le puede hacer a otro ser humano es quitarle el respeto por sí mismo. A mí. A mí me lo quitaron…».

El vaso se inclinaba con lentitud cuando subía y entrecortadamente cuando bajaba y tenía que secarse el mentón con la mano.

«¡A mí me lo quitaron! No os diré cómo, pero quizá, ya que sois hombres de mi edad, seríais capaces de adivinarlo. Y así fue. Hay quien no lo quiere. Lo cortan. Se lo cortan a un hombre, y la mitad de las veces él no sabe cuándo se lo han cortado. Bien, yo sí me di cuenta. Sentí cómo me lo cortaban. ¿Sabéis de lo que estoy hablando?… Muy bien…

Pero de vez en cuando hay una (y no aparecen muy a menudo) que quiere que un hombre lo mantenga, y ésas son las mujeres que hizo Dios y puso en esta tierra. Las de la otra clase vienen del infierno, o de... No sé qué. Estoy hablando mucho. Pues claro. Ya sé que estoy hablando mucho de asuntos íntimos. Pero está bien. Esta propiedad es mía. ¡Estoy hablando en mi propiedad y me importa una m... quién me oiga! No lo estoy gritando a los cuatro vientos, pero tampoco trato de escaquearme. Todo lo que hago, lo hago sin vergüenza, y tengo derecho a hacerlo. He estado en un infierno de un calibre que nadie lo sabe. Pero ahora estoy saliendo de él. ¡Maldita sea, sí, estoy saliendo! No todo el mérito es mío. Y sin embargo estoy orgulloso. Estoy puñeteramente orgulloso de mí, porque aquel problema que tuve con el alcohol me dejó en un estado lastimoso, pero lo peor ya ha pasado. Lo tengo ya casi dominado. Ése de ahí fuera es mi coche y lo he traído conduciendo yo mismo. No es un camino corto, son casi cien millas, y lo conduzco todas las mañanas y luego vuelvo todas las noches. Me han devuelto el carnet de conducir, y despedí al hombre que estaba trabajando para mi esposa, que se ocupaba de nuestra casa. Lo despedí, y no sólo eso, sino que le di una patada en el trasero que le hará comer de pie la próxima semana o dos. No lo hice porque creyera que se estaba pasando de listo. No era eso. Pero tanto él como ella habían adoptado la misma actitud hacia mí, y no me gustaba esa actitud. Se ponían a hablar delante de mí, como si yo no estuviera. "¿Es hora de la medicina?". ¡Sí, me daban droga! Así que un día me hice el muerto. Estaba tumbado ahí en el sofá y ella le dijo a él: "Creo que se ha desmayado". Y él dijo: "Dios mío, borracho como una cuba a la una y media de la tarde". Bien. Me levanté despacio. No estaba borracho a esa hora, no estaba ni medio borracho.

Me quedé en pie muy derecho y caminé con mucha lentitud hacia él. Caminé hacia los dos, ¡y teníais que haber visto cómo se les salían los ojos de las órbitas! "Sí, Dios mío", dije, "a la una y media del mediodía". Y lo agarré del cuello de la camisa y por los fondillos del pantalón y lo llevé bailando la polca hasta el exterior de la casa y lo lancé de bruces contra un gran charco de barro que había a los pies de las escaleras de la galería. Y por lo que sé, y por lo que me importa, puede que siga ahí tirado, y que ella todavía esté gritando "¡Para, Brick!". Pero creo que la golpeé. Sí, lo hice. La golpeé. Hay veces que tienes que golpearlas, y aquélla fue una de esas ocasiones. No he vuelto a la casa desde entonces. Me trasladé a la casita en la que vivíamos antes de que construyeran la grande, al otro lado del pantano, y no lo he cruzado desde…

Bien, pues eso ahora se ha acabado. Recuperé el poder notarial que le había dado a esa mujer y recuperé el carnet de conducir y compré esta propiedad en la ciudad y para ello firmé mi propio cheque y la estoy rehaciendo de nuevo para dejarla como la casa más agradable que se pueda encontrar en esta ciudad, y ahí estoy preparando un césped para jugar al *croquet*».

Entonces miraba el vaso que llevaba en la mano como si acabase de reparar en que lo estaba sujetando; le echaba una mirada de sorpresa teñida de reproche, como si se hubiera cortado la mano y justo en ese momento se diera cuenta de que la tenía cortada y de que sangraba. Entonces suspiraba como un actor pasado de moda en un papel trágico. Ponía el vaso alto en la balaustrada con mucho, mucho cuidado, se daba la vuelta para mirarlo y asegurarse de que no se iba a caer, y caminaba muy recto y dispuesto hacia las escaleras del porche, y las bajaba con la misma firmeza pero con más concentración. Cuando llegaba al pie de las escaleras, se reía como si alguien hubiera dicho algo gracioso, bajaba la cabeza con afabilidad y les gritaba a los pintores de la casa algo parecido a esto: «Bueno, no voy a hacer predicciones porque no soy adivino, pero tengo la firme sensación de que voy a resolver mi problema con el alcohol este verano, ja, ja, ¡lo voy a resolver este verano! No voy a someterme a terapias ni voy a hacer promesas, ¡simplemente voy a demostrar que soy un hombre que vuelve a tener las pelotas bien puestas! Voy a hacerlo pasito a paso, igual que la gente cuando juega al *croquet*. Ya sabéis cómo se juega. Golpeas la bola para que pase por el arco y luego la conduces hasta el siguiente arco. La haces pasar bajo ese arco y luego la llevas hasta otro. Vas de arco en arco, se trata de un juego de precisión, un juego que requiere concentración y precisión, y eso es lo que lo convierte en un juego maravilloso para un bebedor. Hace falta estar sobrio para jugar a un juego de precisión. Es mejor que el billar, porque un billar está siempre puerta con puerta con un bar de copas, y no se ha visto nunca un jugador de billar que no tenga su copa en el borde de la mesa o en algún sitio a mano, y el *croquet* es también mejor que el golf, porque en el golf siempre tienes ese hoyo diecinueve esperándote. No, para un hombre que tiene un problema con el alcohol, el *croquet* es un juego de verano y puede parecer un poco mariquita, pero dejadme que os diga que es un juego de precisión. Vas de arco en arco hasta que llegas al gran poste final, y entonces, ¡bang!, ya le has dado, el juego ha terminado, ¡ya estás ahí! Y entonces y sólo entonces puedes subir al porche y tomarte una ginebra fría, un Buck o un Collins… ¡Eh! ¿Dónde me he dejado el vaso? ¡Ah! Sí, dámelo, ¿quieres? Ja, ja, gracias».

Daba un sorbo como de pajarito, ponía una cara violentamente irónica y sacudía la cabeza con violencia como si alguien se la hubiera cubierto de agua hirviendo.

«¡Esta maldita porquería!». Echaba un vistazo a su alrededor en busca de un lugar seguro para volver a depositar el vaso. Elegía un pedazo de tierra libre entre los arbustos de hortensias, depositaba ahí el vaso con tanto cuidado como si estuviera plantando un árbol conmemorativo, y luego se ponía derecho con aire de gran alivio y ensanchaba el pecho y flexionaba los brazos. «Ja, ja, sí, el *croquet* es un juego de verano para viudas y bebedores, ¡ja, ja!».

Durante unos instantes, de pie al sol, parecía tan seguro y poderoso como el propio sol, pero luego una leve sombra de incertidumbre lo alcanzaba, atravesaba su muro de alcohol, la engañosa y menuda sombra de un pensamiento, tan escurridiza como un ratón, rápida, oscura, demasiado escurridiza como para dejarse coger, sin que su movimiento fuera suficiente para que se notara, su cuerpo todavía ágil caía con tanta violencia como un árbol gigante cae abatido por el hachazo final, llevándose consigo todos los ciclos giratorios del sol y las estrellas, siglos enteros de ellos, chocando de pronto contra el olvido y pudriéndose. Que se iba a desplomar así era casi imperceptible en su cuerpo. Como mucho, un sutil parpadeo en la cara, cuyo color le daba el nombre por el que la gente lo conocía. Algo parpadeaba sobre su rostro encendido. Es posible que una rodilla se doblase ligeramente hacia delante. Luego despacio, despacio, del mismo modo en que un toro trota, vacilante, al volver de su primera incursión, desafiante y salvaje, en el ruedo, agarraba con una mano el cinturón y se llevaba la otra dubitativamente a la cabeza, notando el cuero cabelludo y el duro cuenco redondo del cráneo debajo, como si intuyese vagamente que al palpar esa cúpula sería capaz de adivinar qué se ocultaba dentro, la cosa oscura y errante que bajo la cúpula de calcio se las veía ahora con los complicados arcos que traería el verano…

2.

Por una u otra razón, aquel verano Mary Louise Grey pasó gran parte del tiempo confinada fuera de la casa, y dado que era una niña solitaria, con poca o nula imaginación, aparentemente incapaz de entretenerse con juegos solitarios —excepto ese juego sin fin que consistía en imitar a su madre—, las tardes en que se veía excluida de la casa porque «Madre tiene dolor de cabeza» eran momentos de gran aflicción. Había varias galerías con escaleras exteriores que las conectaban, y ella patrullaba por las galerías y vagaba desoladamente por el césped y, de vez en cuando, recorría el sendero de entrada y se sentaba en la cabina acristalada del coche eléctrico. Variaba sus pasos: a veces caminaba tranquilamente, otras a saltos, a veces a la pata coja y canturreando, pero una de las regordetas manos agarraba siempre el pañuelo que contenía el trozo de hielo. Ese trozo de hielo con el que se frotaba las picaduras de los mosquitos tenía que ser reemplazado a intervalos frecuentes. «¡Oiga, el del hielo!», decía dulcemente la viuda desde una ventana del piso superior, «no olvide dejar algunos trozos más para que la pequeña Mary Louise se pueda frotar las picaduras de los mosquitos con ellos!».

Cada vez que era víctima de una nueva picadura, Mary Louise lanzaba un breve chillido en un tono tan entrenado como el de su madre en cubrir una gran distancia sin ser muy alto.

—¡Oh, Madre! —gemía—, ¡estoy siendo literalmente devorada por los mosquitos!

—Querida —contestaba su madre— es espantoso, pero sabes que Madre no lo puede evitar; ¡no ha creado los mosquitos y no puede destruirlos para ti!

—Podrías dejarme entrar en casa, Mami.

—No, no puedo dejarte entrar, preciosa. Todavía no.

—¿Por qué no, Madre?

—Porque Madre tiene un fuerte dolor de cabeza.

—No haré ruido.

—Eso es lo que dices, pero lo harás. Debes aprender a entretenerte sola, cariño; no puedes depender de Madre para entretenerte. Nadie puede depender de otra persona para siempre. Te diré lo que puedes hacer hasta que el dolor de cabeza se le haya pasado a Madre. Puedes sacar el coche eléctrico del garaje. Lo puedes conducir alrededor de la manzana, pero no lo lleves al barrio comercial, y luego puedes aparcar en la parte de sombra del camino y quedarte ahí sentada cómodamente hasta que Madre se encuentre mejor y se pueda vestir y salir. Y entonces creo que Mr. Pollitt puede pasarse a jugar una partida de *croquet*. ¿No sería encantador?

—¿Crees que llegará a tiempo para jugar?

—Eso espero, preciosa. Le sienta muy bien jugar al *croquet*.

—Oh, yo creo que a todos nos sienta bien jugar al *croquet* —decía Mary Louise con la voz temblorosa sólo de imaginárselo.

Antes de que Brick Pollitt llegase —a veces media hora antes de su llegada, como si pudiera oír su coche en la autopista a treinta millas de la casa— Mary Louise se dejaba caer de la galería y empezaba a colocar los postes y los arcos para la ansiada partida. Mientras lo hacía, sus pequeñas nalgas regordetas y sus pechos incipientes y los rizos cobrizos que le llegaban al hombro saltaban arriba y abajo en perfecto compás.

Yo la miraba desde las escaleras de mi casa, en la esquina diagonalmente opuesta de la calle. Trabajaba febrilmente en contra del tiempo, pues la experiencia le había enseñado que cuanto antes completase los preparativos del juego, mayores serían las posibilidades de conseguir que su madre y Mr. Pollitt jugasen. A menudo no conseguía ser lo suficientemente rápida, o ellos eran demasiado rápidos para ella. Para cuando había terminado su trabajo agotador, la galería solía estar desierta. Comenzaban entonces sus aullidos y lamentos, que puntuaban el anochecer a intervalos sólo un poco menos frecuentes que el paso de los coches de los que salían a última hora para tomar el fresco.

—¡Mami! ¡Mami! ¡El juego de *croquet* está listo!

A menudo seguía una larga, larga espera antes de que ninguna respuesta llegase de la ventana de arriba a la que se dirigían los gritos. Pero en una ocasión no hubo que esperar. Casi inmediatamente después de que la gimiente voz se alzara suplicando el comienzo del juego, la guapa y delgada madre de Mary Louise se asomó a la ventana. Apareció en la ventana como un pájaro blanco que vuela hacia un obstáculo que no ha percibido. Aquélla fue la vez que vi, entre los visillos del dormitorio, sus pechos desnudos, pequeños y hermosos, agitados por su vehemente movimiento como dos puños enfadados. Se asomó entre los visillos para responder a Mary Louise, no en su tono habitual de amable protesta sino con un agudo grito de rabia: «¡Oh, cállate, por el amor de Dios, pequeño monstruo gordo!».

Mary Louise se quedó estupefacta y entró en un petrificado silencio que debió de durar un cuarto de hora. Probablemente fue la palabra «gordo» la que la golpeó de forma tan dolorosa, pues Mary Louise me había dicho una vez, cuando estábamos dando la vuelta a la manzana en el coche eléctrico, que su madre le había dicho que *no* estaba gorda, que sólo estaba rellenita, y que esas almohadillas carnosas se disolverían en dos o tres años y que entonces sería tan delgada y tan guapa como su madre.

Algunas veces Mary Louise me llamaba para que jugase al *croquet* con ella, pero mi juego no la satisfacía en absoluto. Yo tenía poca práctica y ella mucha y, sobre todo, lo más importante: era la compañía de los adultos lo que ansiaba. A mí me llamaba sólo cuando ellos habían desaparecido irremisiblemente en la casa sin iluminar, o cuando el juego se había ido a pique debido a la renuencia de Mr. Brick Pollitt a tomárselo en serio. Cuando jugaba en serio, era aún mejor que Mary Louise, que a veces se tiraba la tarde practicando los golpes para el juego. Pero había tardes en que no dejaba su copa en el porche, sino que la llevaba consigo hasta el césped y jugaba con una mano, con un estilo cada vez más extravagante, mientras en la otra mano llevaba el vaso alto. En esos casos el césped se transformaba en un enorme escenario en que se representaban todas las inmemoriales travesuras de los payasos, para exasperación de Mary Louise y de su delgada y guapa madre, que se ponían, las dos, muy serias y circunspectas en esas ocasiones. Se retiraban del campo de *croquet* y se mantenían a poca distancia, llamando suavemente «Brick, Brick» y «Mr. Pollitt», como un par de palomas quejicosas, ambas con el mismo tono refinado de protesta, el propio de una dama. Él no tenía aspecto de hombre de mediana edad —es decir, no había echado tripa— y era capaz de correr y brincar como un niño. Podía dar volteretas y andar con las manos, y a veces gruñía y embestía como un luchador o se echaba largas carreras en cuclillas como un jugador de fútbol, zigzagueando entre los palos y los postes alegremente pintados del terreno de juego. Las acrobacias y el deporte de su juventud parecían obsesionarle. Llamaba con voz ronca a invisibles compañeros de equipo y adversarios, con amortiguadas exclamaciones de desafío y enfado y triunfo a las que la débil y arrulladora voz de la viuda ofrecía continuamente un extraño contrapunto: «Brick, Brick, para, por favor, para. La niña está llorando. La gente pensará que te has vuelto loco». Pues la madre de Mary Louise, a pesar de la extrema ambigüedad de su posición en la vida, era una mujer con un sentido más desarrollado que la media de lo que es apropiado. No se le escapaba por qué se habían apagado las luces en todos los porches entoldados durante el verano, y por qué los coches pasaban por la casa a la velocidad de un cortejo fúnebre cuando Mr. Brick Pollitt convertía el campo de *croquet* en la pista de un circo.

Una vez, a última hora de la tarde, cuando estaba echando una de sus enloquecidas carreras por el césped con un imaginario balón agarrado contra el vientre, tropezó con un palo y cayó cuan largo era sobre el césped, y simuló estar demasiado herido para volver a ponerse en pie. Sus profundos lamentos atrajeron a Mary Louise y a su madre, que se acercaron corriendo desde el fondo de la galería emparrada al césped para socorrerle. Lo cogieron cada una de una mano y trataron de levantarlo, pero con un repentino estallido de risa él tiró de ellas y cayeron sobre él hasta que las dos empezaron a sollozar. Él acabó por levantarse, aquella tarde, pero fue sólo para rellenar el vaso de ginebra y hielo, y luego volvió al césped. Aquella tarde fue espantosamente calurosa, y Brick decidió enfriarse y refrescarse con la manguera del aspersor mientras disfrutaba de su bebida. La abrió y la arrastró hasta el centro del campo. Entonces rodó por el césped bajo el arco de agua que giraba pausadamente y mientras empezó a desprenderse de la ropa. Se quitó con los pies los zapatos blancos y uno de los calcetines verde pálido, se arrancó la camisa blanca empapada y los pantalones de lino llenos de verdín, pero no consiguió quitarse la corbata. Por fin se tendió a lo largo, como una figura de fuente grotesca, en ropa interior y corbata y el calcetín verde pálido que le quedaba, mientras el arco de agua giratorio saltaba con frescos bisbiseos por encima de él. El arco de agua tenía una sutil iridiscencia cristalina, mientras giraba bajo la luna, pues para entonces la luna había empezado a apuntar con aire de morosa estupefacción por encima del tejadillo del garaje en que guardaban el coche eléctrico. Y otra vez las quejicosas palomas de la viuda y su hija lo arrullaron desde diferentes ventanas de la casa, y el único modo de distinguir sus voces era porque la madre murmuraba «Brick, Brick», mientras que Mary Louise lo seguía llamando Mr. Pollitt: «Oh, Mr. Pollitt, Madre está muy triste. ¡Madre está llorando!».

Aquella noche él habló consigo mismo o con invisibles figuras en el césped. Una de ellas era su mujer, Margaret. Él no dejaba de decir: «Lo siento, Margaret. Lo siento, Margaret. Lo siento, lo siento tanto, Margaret, siento no ser bueno, lo siento, Margaret, lo siento, siento tanto no ser bueno, siento estar borracho, siento no ser bueno, siento tanto que las cosas salieran así…».

Más adelante, mucho más tarde, después de que la increíblemente parsimoniosa procesión de coches dejara de pasar por delante de la casa, un pequeño sedán negro que pertenecía a la policía llegó a toda velocidad a la puerta delantera y se quedó allí un rato. Dentro aguardaba el mismísimo jefe de policía. Llamó: «Brick, Brick», casi tan dulce y suavemente como la madre de Mary Louise lo había llamado desde las ventanas sin iluminar. «Brick, Brick, muchacho. Brick, amigo», hasta que por fin la inerte figura de fuente en calzoncillos y calcetín verde e inexpugnable corbata apareció tambaleándose bajo el arco giratorio de agua y se dirigió dando tumbos hacia el sendero y allí se quedó conversando con calma y desgana con el jefe de policía, bajo la mirada ya nada estupefacta, sino bastante crecida e indiferente, de la amarilla luna de agosto. Empezaron a reír flojo juntos, Mr. Brick Pollitt y el jefe de policía, y por fin la puerta del sedán negro se abrió y Mr. Pollitt entró y se sentó al lado del jefe de policía mientras el policía raso salía para recoger las prendas, blandas como toallas empapadas, del campo de *croquet*. Luego se alejaron en el coche y el espectáculo de la noche de verano llegó a su fin...

Pero para mí no se había acabado, ya que lo había estado contemplando todo el tiempo con sostenido interés. Y alrededor de una hora después de que el pequeño coche negro de los muy educados policías se hubiera marchado, vi a la madre de Mary Louise salir al césped: se quedó allí con aire desolado durante un buen rato. Luego entró en la pequeña construcción de detrás de la casa y salió conduciendo el coche eléctrico. El coche se internó reposadamente en la noche estival, con un zumbido no más fuerte que el de un insecto de verano, y quizá una hora más tarde, pues fue una noche muy larga, volvió conteniendo en su cabina acristalada no sólo a la joven y delgada y guapa viuda, sino también a un silencioso y escarmentado Mr. Pollitt. Ella pasó un brazo sobre la figura inmensamente alta de él mientras recorrían el camino principal, y yo pude distinguir que él decía una sola palabra. Era el nombre de su esposa.

A principios del aquel otoño, que se distinguió del verano tan sólo en que anochecía antes, las visitas de Mr. Brick Pollitt empezaron a tener la espasmódica irregularidad de un dañado músculo cardíaco. Aquel lejano cañonazo de las cinco en punto se había convertido en el anuncio de que dos damas de blanco estaban esperando a alguien cada vez más proclive a decepcionarlas que el momento anterior. Pero la decepción no era algo a lo que Mary Louise estuviera habituada: era un país que estaba atravesando, no como acostumbrada habitante, sino como desconcertada exploradora, y tarde tras tarde sacaba la caja rectangular de madera clara, la arrastraba desde el pequeño edificio en el que ésta convivía con el coche, la abría con ceremonia en mitad del sedoso manto de césped verde y se concentraba en disponer los arcos en su preciso diseño entre los postes de colores chillones que marcaban principio, medio y final. Y la viuda, su madre, hablaba con ella desde la galería, bajo el toldo, como si no hubiese habido una alteración decisiva en sus vidas o en sus perspectivas. Sus voces casi duplicadas mientras hablaban, de la galería al césped y viceversa, resonaban con tanta claridad como si la enorme parcela esquinera estuviese cercada a esta hora por una aún más grande y perfectamente translúcida campana de cristal que recogiera y llevase a través del espacio todo lo pronunciado en su interior, y aquello ocurría no sólo cuando estaban hablando a través del jardín sino cuando estaban sentadas codo con codo en las blancas sillas de mimbre de la galería. Las frases de esas conversaciones se volvían lemas, que repetían, burlándose, los vecinos, para quienes la viuda y su hija y Mr. Pollitt habían sido tres actores de un sensacional drama que los había asombrado y excitado durante dos actos pero que ahora, cuando se aproximaba a su desenlace, estaba decayendo sin querer hacia una farsa que les provocaba risa. No era difícil encontrar algo ridículo en las charlas de las dos damas o en la elegancia chillona de sus voces.

Mary Louise preguntaba: «¿Llegará Mr. Pollitt a tiempo para el *croquet*?».

—Eso espero, preciosa. Le sienta muy bien.

—Como no venga pronto anochecerá demasiado como para ver los arcos.

—Tienes razón, preciosa.

—Madre, ¿por qué ahora anochece tan pronto?

—Cariño, ya lo sabes. El sol se va al Sur.

—¿Pero por qué se va al Sur?

—Preciosa, Madre no puede explicar los movimientos de los cuerpos celestes, lo sabes tan bien como Madre. Esas cosas están sujetas a ciertas leyes misteriosas que la gente de la tierra no conoce o comprende.

—Madre, ¿nos vamos a ir al Este?

—¿Cuándo, preciosa?

—Antes de que empiece el colegio.

—Cariño, ya sabes que es imposible para Madre hacer planes definitivos.

—Ojalá nos vayamos. Yo no quiero ir al colegio aquí.

—¿Por qué no, preciosa? ¿Tienes miedo de los niños?

—No, Madre, pero no les gusto, se burlan de mí.

—¿Cómo que se burlan de ti?

—Imitan mi manera de hablar y pasan delante de mí sacando tripa y se ríen.

—Eso es porque son niños y los niños son crueles.

—¿Dejarán de ser crueles cuando se hagan mayores?

—Bueno, supongo que algunos sí y otros no.

—Pues yo espero que nos vayamos al Este antes de que empiecen las clases.

—Madre no puede hacer planes ni prometer nada, cariño.

—No, pero Mr. Brick Pollitt…

—¡Cariño, baja la voz! Las damas hablan bajito.

—Oh, Dios mío.

—¿Qué sucede, cariño?

—¡Me acaba de picar un mosquito!

—Qué mala suerte, pero no te rasques. Si te rascas, puede quedarte una marca para siempre.

—No me la estoy rascando. Sólo me estoy chupando, Madre.

—Cariño, Madre te ha dicho una y otra vez que lo que tienes que hacer cuando te pique un mosquito es tomar un pequeño trozo de hielo, envolverlo en un pañuelo y frotarte con cuidado la picadura hasta que salga el aguijón.

—¡Eso es lo que hago, pero se me ha derretido el hielo!

—Pues coge otro trozo, cariño. Ya sabes dónde está la hielera.

—Casi no queda. Te pones demasiado en la bolsa de hielo que usas contra el dolor de cabeza.

—Algo quedará, cariño.

—Queda justo lo de las bebidas de Mr. Pollitt.

—Por eso no te preocupes...

—Lo necesita para sus copas, Madre.

—Ya, Madre ya sabe para qué quiere él el hielo, preciosa.

—Sólo queda un trozo. Apenas es suficiente para frotarse una picadura de mosquito.

—Bueno, pues úsalo para eso, eso es más importante, y si Mr. Pollitt llega tan tarde como hoy, no se merece que le reservemos el hielo.

—¿Madre?

—¿Sí, preciosa?

—¡Me encanta el hielo con azúcar!

—¿Qué es lo que has dicho, preciosa?

—¡Que me encanta el hielo con azúcar!

—¿El hielo con azúcar, preciosa?

—¡Sí, me encanta el hielo con azúcar que queda en el fondo del vaso de Mr. Pollitt!

—¡Cariño, no te puedes tomar el hielo que queda en el vaso de Mr. Pollitt!

—¿Por qué no, Madre?

—¡Porque tiene alcohol!

—Oh, no, Madre, cuando Mr. Pollitt se lo ha acabado no queda más que hielo y azúcar.

—Cariño, siempre queda algo de alcohol.

—¡Oh, no, no queda ni una gota cuando Mr. Pollitt se lo ha bebido!

—Pero dices que queda azúcar, cariño, y ya sabes que el azúcar es muy absorbente.

—¿Es muy qué, Mami?

—Que absorbe parte del alcohol, y ésa es buena manera de desarrollar la afición al alcohol y, cariño, ya conoces las espantosas consecuencias que puede traer la afición al alcohol. Ya es mala para un hombre, pero para una mujer es fatal. Así que cuando te apetezca hielo con azúcar, se lo dices a Madre y ella te preparará un poco, pero que no te pille tomándote lo que Mr. Pollitt ha dejado en el vaso.

—¿Mamá?

—¿Sí, preciosa?

—Ya se ha hecho de noche del todo. Todos están encendiendo las luces o conduciendo por la carretera del río para refrescarse. ¿No podríamos nosotras dar una vuelta en el coche eléctrico?

—No, cariño, no podemos hasta que sepamos que Mr. Pollitt no...

—¿Todavía crees que va a venir?

—Cariño, ¿cómo lo voy a saber? ¿Acaso es Madre una adivina?

—¡Oh!, ahí llega el Pierce. ¡Mami, ahí llega el Pierce!

—¿Es ése? ¿Ése es el Pierce?

—Oh, no, no es. Es un Hudson Super Six. Mami, voy a recoger ya los arcos y a regar el césped, porque si Mr. Pollitt viene de verdad, vendrá con gente o no estará en condiciones de jugar al *croquet*. Y cuando haya terminado, quiero conducir el coche alrededor de la manzana.

—Condúcelo alrededor de la manzana, cariño, pero no vayas al barrio comercial.

—¿Vas a venir conmigo, Mami?

—No, preciosa. Yo me quedo aquí sentada.

—Se está más fresco en el coche.

—A mí no me lo parece. Va demasiado despacio para sentir la brisa.

Si Mr. Pollitt llegaba a aparecer aquellas tardes, lo hacía habitualmente acompañado por una caravana de coches que venían de Memphis, y entonces la señora Grey se veía obligada a recibir a un disoluto surtido de desconocidos como si ella misma los hubiera invitado a una fiesta. La fiesta no se limitaba a las habitaciones del piso de abajo y las galerías, sino que, veloz y brillante como un cohete, se disparaba en todas direcciones, desbordando ambas plantas de la casa, echándose sobre el césped y a veces incluso ocupando el pequeño edificio que albergaba el coche eléctrico y la caja rectangular en la que se guardaba el set de *croquet*. En aquellas noches de fiesta, el edificio blanco fabulosamente balaustrado, con tejado y torretas, relumbraba entero, como una de esas enormes barcazas para excursiones nocturnas que bajan por el río desde Memphis, rebosante de ritmos de *ragtime* y de risas. Pero en algún punto de la velada se desencadenaba, casi invariablemente, un alboroto alarmante. Alguno de los hombres invitados soltaba un rugido salvaje, una mujer gritaba, se podía oír un cristal que se hacía añicos. Después de eso las luces de la casa se apagaban casi de inmediato, como si de verdad se tratase de un barco y hubiese chocado fatalmente contra un banco de arena subacuático. De todas las puertas y galerías y escaleras salía gente corriendo, y la dispersión era más rápida de lo que había sido la llegada. Al poco rato el coche de policía se detenía ante la puerta. La delgada y bonita viuda salía a la galería delantera a recibir al jefe de policía, y se podía oír su suave voz tintinear como campanillas de cristal: «Vaya, no ha sido nada, nada en absoluto, sólo alguien que ha bebido un poco de más y ha perdido los papeles. Ya sabe cómo es esa pandilla de Memphis, Mr. Duggan, siempre hay entre ellos un caballero que no aguanta el alcohol. Ya sé que es tarde, pero tenemos un terreno tan grande —ocupa media manzana— ¡que no creí que nadie que no estuviera muerto de curiosidad se habría enterado de que había una fiesta!».

Y luego debió de ocurrir algo que no hizo ruido en absoluto.

No es que fuera una muerte, pero desde fuera casi tenía la apariencia de una. Cuando la muerte visita una casa, la casa está silenciosa de una manera nada natural durante un día o dos antes de que la visita se haya consumado. Durante ese lapso, la enorme, translúcida campana de cristal que parece encerrar y separar una casa de las que la rodean no transmite ningún sonido a los que están mirando, sino que parece haberse hecho más gruesa invisiblemente de modo que muy poco se puede oír a su través. Así había ocurrido cinco meses antes, cuando el agradable y joven médico había muerto de aquella salvaje flor que le creció en el cráneo. Había permanecido artificiosamente silenciosa durante días, y luego un extraño coche gris se había chocado contra la campana de silencio y el joven doctor había emergido de la casa de una manera muy curiosa, como si estuviese haciendo una demostración pública de cómo acostarse en una estrecha cama mientras todo alrededor resplandecía y se movía.

Eso había sido cinco meses antes, y ahora era el principio de octubre.

El verano había deletreado una palabra que no tenía significado, y la palabra estaba ya deletreada y, con o sin significado, allí estaba, inscrita con una impronta tan enérgica como la firma de un avaro en un cheque o la pintada con tiza de un chico sobre una valla.

Una tarde, un hombre grueso y de sonrisa amable, al que yo había visto innumerables veces merodear delante del negocio de coches de segunda mano anexo al cine Paramount, subió el paseo principal de los Grey con la ostentosa despreocupación de quien está a punto de cometer un atraco. Tocó el timbre, esperó un rato, lo volvió a tocar un poco más de tiempo, y luego le dejaron pasar por una abertura que parecía ser apenas suficiente para que le cupieran los dedos. Salió casi de inmediato con algo agarrado en el puño. Era la llave del pequeño edificio en el que se guardaban el juego de *croquet* y el coche eléctrico. Entró en el edificio y desplegó del todo las puertas hasta dejar a la vista el refinado coche que esperaba allí con su aire habitual de dama en el momento de quitarse o ponerse los guantes a la entrada de una recepción. Lo contempló un momento, como si su elegancia lo desconcertase por un segundo. Pero luego se montó en él y lo sacó del garaje, sujetando la pulida palanca de cambios negra con un aire en su cara redonda igual que el de un adulto al que avergüenza un poco encontrar que lo entretiene un juego que está pensado para niños. Lo condujo con calma hasta la ancha calle en sombra y en una ventana de la planta de arriba de la casa algo se movió rápido, como si alguien estuviese mirando hacia fuera y, sorprendido por lo mirado, se hubiese retirado con apuro…

Más tarde, después de que los Grey hubiesen dejado la ciudad, vi el elegante vehículo cuadrado, que parecía estar hecho de cristal y charol, con un aire de timidez altanera entre una docena o así de coches a la venta en un negocio llamado «Hi-Class Values» contiguo al mejor cine de la ciudad, y, por lo que yo sé, es posible que siga allí, pero varios grados menos centelleante que entonces.

Los Grey desaparecerieron de Meridian en una estación fugaz: el joven médico que desde el principio y de manera indecisa había agradado a todo el mundo, y del que todo el mundo había dicho que haría un buen trabajo en la ciudad con esos ojos tan comprensivos, esa voz tan sosegada; la delgada y pequeña mujer, a la que nadie, salvo Brick Pollitt, había conocido de verdad; y la niña rechoncha, que tal vez algún día llegaría a ser tan guapa y esbelta como su madre. Habían llegado y se habían ido en una estación, sí, como uno de esos espectáculos con carpa que de repente aparecen en un descampado en una ciudad sureña y cruzan el cielo de noche con luces misteriosamente rodantes y una música que no es de este mundo, y después se van, y el verano continúa sin ellos, como si nunca hubiesen estado allí.

En cuanto a Mr. Brick Pollitt, sólo recuerdo haberlo visto una vez después de que las Grey dejasen la ciudad, pues tampoco yo pasé mucho tiempo allí. Aquella última vez que lo vi fue en una brillante mañana de otoño. Era un sábado de octubre. A Brick le habían vuelto a retirar el permiso de conducir por algún incidente en la autopista debido a su escaso control sobre el volante, y era su mujer legítima, Margaret, la que se sentaba en el asiento del piloto en el gran Pierce Arrow. Brick no iba sentado a su lado. Iba en el asiento trasero del coche, cabeceando de un lado a otro con los tumbos que daba el coche, como un paquete envuelto holgadamente que fueran a entregar en algún sitio. Margaret Pollitt manejaba el coche con una asombrosa seguridad masculina, los brazos desnudos morenos y musculosos como los de un empleado de granja negro, y la capota de lona iba bajada, lo que dejaba expuesta en el asiento trasero la figura oscilante de Brick Pollitt, que sonreía burlón. Iba vestido y afeitado de manera intachable, como en él era habitual, así que a cierta distancia parecía el presidente de alguna buena fraternidad social en un colegio sureño para caballeros. El nudo de su corbata de lunares iba tan prieto como lo pueden hacer unos dedos fuertes y entusiastas para una ocasión especial. Una de sus enormes manos rojas sobresalía, y con ella se agarraba a la puerta para estabilizar su movimiento, y en ella brillaban dos tiras de oro, una pequeña en un dedo, una grande en la muñeca. Su chaqueta color crema iba cuidadosamente doblada junto a él en el asiento y llevaba una camisa de un fino tejido blanco que la piel que había debajo teñía levemente de rosa. Era un hombre que había sido, y en ese momento todavía lo era, el más guapo que uno podía recordar; y la belleza física es, de todos los atributos humanos, el que se usa y se desperdicia de manera más incontinente, como si quien la hubiese hecho la despreciase, pues a menudo sólo sirve para ser deshonrada de forma paulatina y dolorosa y para hacerla deambular encadenada por las calles.

Margaret hacía sonar el claxon en todos los cruces. Se inclinaba a un lado y al otro, levantando el brazo o sacándolo por la ventana cuando saludaba con alegres gritos a la gente en los porches, a los comerciantes a la puerta de sus negocios, a la gente que apenas conocía a lo largo de las calles, llamándolos a todos por sus nombres de pila, como si fuera a presentarse a las elecciones del pueblo, mientras Brick cabeceaba y sonreía para sí con una afabilidad sin sentido detrás de ella. Era exactamente el modo en el que algún antiguo conquistador, como César o Alejandro Magno o Aníbal, debieron de haber paseado a lo largo de la capital al príncipe de un estado recién conquistado.

1951-52 (publicado en 1952)

Fiesta para dos

No podía alcanzar a adivinar la edad de la mujer, Cora, pero con toda seguridad no era más joven que él, y él tenía casi treinta y cinco. Había algunas mañanas en que pensaba que ella parecía, sin halagarse a sí mismo, casi tan mayor como para ser su madre, pero había noches en que el alcohol le sentaba bien, entonces tenía los ojos lustrosos y un rubor en la cara que le favorecía, y entonces parecía ella más joven que él. A medida que conoces a la gente, si te acaban gustando, empiezan a parecerte más jóvenes que tú. La crueldad o la perjudicial franqueza de la primera impresión se desvanece como los contornos de una fotografía retocada, y Billy ya no recordaba que la noche que la había conocido había pensado en ella como en un «vejestorio». Por supuesto, la noche en que la conoció, ella no estaba en su mejor día. Fue en un bar de Broadway. Ella ocupaba el taburete que estaba junto al de Billy y había perdido un pendiente de diamantes y se estaba quejando de ello al camarero con gran nerviosismo. No dejaba de agacharse, zambulléndose como una gaviota pescadora a buscarlo entre los repugnantes residuos que había bajo el reposapiés de latón, inclinándose e irguiéndose y gruñendo y quejándose, con la cara inflamada y congestionada por el esfuerzo y su figura, bastante voluminosa, doblada en posturas ridículas. Billy tenía la incómoda sensación de que ella sospechaba que él le había robado el pendiente de diamantes. Cada vez que ella le echaba una mirada, a él le ardía la cara. Siempre había tenido ese sentimiento de culpa cuando se perdía algo de valor, y eso le enfadaba; pensó en ella como en un vejestorio irritante. Lo cierto es que ella no había acusado a nadie de robarle el pendiente de diamantes, de hecho estuvo asegurándole al camarero que el cierre del pendiente estaba muy flojo y que ella había sido una estúpida al ponérselo.

Entonces Billy le encontró la joya, justo cuando estaba a punto de salir del bar, más avergonzado y enojado de lo que se puede resistir; percibió el brillo casi debajo de su zapato, el que estaba más lejos de el «vejestorio» agachado y resoplante. Con esa austeridad de maestrillo que adoptaba cuando se enojaba, cuando con toda la razón se indignaba por algo, un aire que había adoptado durante su corta y ya lejana carrera como profesor auxiliar de literatura inglesa en una universidad del Medio Oeste, recogió el broche y lo arrojó sobre la barra frente a ella y se dispuso a marcharse. Ocurrieron dos cosas que lo detuvieron. Tres marineros de un barco noruego entraron, uno, dos y tres, por la puerta giratoria del local, y fueron derechos hacia los taburetes vacíos justo al lado del que él había ocupado, y en el mismo instante, la mujer, Cora, lo agarró del brazo, gritando: «¡Oh, no te vayas, no te vayas, lo menos que puedes hacer es dejar que te invite a una copa!». Así que él se dio la vuelta, de manera tan rápida y precisa como la puerta giratoria por la que había entrado el esplendoroso trío de noruegos. «De acuerdo, ¿por qué no?». Recuperó su sitio junto al de ella, ella le pidió una copa a él, él le pidió una copa a ella y, en el plazo de cinco minutos, estaban pidiendo cerveza para los marineros y fue igual que si el sitio se hubiera iluminado de pronto con una docena de grandes arañas.

Ella no tardó en adquirir otro aspecto a ojos de él, no le parecía un vejestorio en absoluto, la verdad es que era bastante atractiva, y evidentemente más del gusto de los deslumbrantes marineros de lo que Billy podría ser. Observándose en el alargado espejo del bar, a él y a Cora, vio que tenían buena pinta juntos, que hacían buena pareja, que eran provechosos el uno para el otro para surcar a dúo los bares de Broadway. Ella era bastante más morena que él y de complexión fuerte. Billy era menudo y tenía una piel muy clara que el sol volvía rosa.

Desafortunadamente para Billy, el rosa también asomaba a través del sedoso y fino pelo rubio de su cabeza, donde la calvicie, a la que con tanta fiereza como impotencia se había resistido, empezaba a convertirse en un hecho que ya no podía negar. Por supuesto, la coronilla no se refleja en el espejo a menos que le hagas una reverencia a tu imagen, pero no se puede negar que la coronilla de una loca es una zona muy llamativa en ciertas ocasiones que no dejan de ser importantes. Así es como se lo dijo, entre risas, a Cora. Ella dijo: «¡Cariño, te juro por Dios que me parece que te preocupas más por tu aspecto y tu edad que yo!». Lo dijo con amabilidad, de hecho todo lo decía con amabilidad. Cora era una persona amable. Era la persona más amable que Billy había conocido. Todo lo decía y quería decir con amabilidad; no tenía un solo hueso malicioso en el cuerpo, ni una partícula de envidia o suspicacia o maldad en su naturaleza, y eso era lo que hacía tan triste que Cora fuese una borrachina. Sí, después de que él dejase de pensar en ella como en un «vejestorio», que fue prácticamente en cuanto trabaron conocimiento, empezó a pensar en Cora como en una borrachina, con toda amabilidad, sí, pero no con tanta amabilidad como Cora pensaba en él, ya que Billy no era, por naturaleza, tan amable como Cora. Nadie podía serlo. Su amabilidad era monumental, como ya no las hacen, al menos no en el mundo de la locas.

Afortunadamente para Billy, Billy era bastante alto. Había desarrollado el hábito defensivo de mantener la cabeza bastante erguida, de modo que la coronilla no se viese tanto en las barras de los bares; pero, desafortunadamente para Billy, tenía lo que los médicos le habían dicho que era un depósito de calcio en las orejas que le hacía duro de oído y que sólo se podía corregir con una operación delicada y cara, abriendo un agujero en el hueso. No tenía mucho dinero; había ahorrado lo justo para vivir, no frugalmente pero sin despistarse, durante dos o tres años más antes de tener que volver a trabajar en algo. Si se operase del oído tendría que volver a trabajar y abandonar su existencia sibarítica, que le iba mejor que la dudosa gloria de ser un escalón superior que un escritor de medio pelo de guiones de Hollywood y así sucesivamente. ¡Sí, y así sucesivamente!

Como era duro de oído y, de hecho, cada vez más, tenía que inclinarse un poco hacia un lado para mantener una conversación en una barra, es decir, si quería entender lo que la otra parte estaba diciendo. En una barra es peligroso no escuchar a la otra parte, pues el modo de hablar es igual de importante que el aspecto de la cara a la hora de distinguir entre un buen trato y la porquería… y a Billy no le gustaba que le pegasen como a otras locas les gusta.

Así que tenía que inclinarse a un lado y exponer la casi calva de su rubia coronilla y se avergonzaba y, mientras lo hacía, la vergüenza lo ponía rojo en lugar de rosa. Sabía que era una ridiculez por su parte ser tan sensible a aquello. Pero, como le decía a Cora: «La edad causa más estragos en una loca que en una mujer».

Ella se mostraba en desacuerdo con eso y tenían grandes discusiones al respecto. Pero se trataba de una teoría que Billy podía defender con tanta elocuencia como un senador sureño haciendo una maniobra obstruccionista contra la revocación del impuesto *per cápita*, y Cora perdía la discusión por omisión, simplemente por incapacidad de llevarla más lejos, ya que a Cora no le gustaban tanto como a Billy los temas de conversación sombríos.

Sobre sus propios defectos de apariencia, sin embargo, Cora se mostraba tan afligida como humilde.

«Verás», le decía ella, «en realidad yo misma soy una loca. Quiero decir que la diferencia es la misma, encanto, me gustan y hago las mismas cosas, a veces en la cama pienso que si están lo suficientemente borrachos ni siquiera saben si soy una mujer, al menos no actúan como si lo supieran, y no les culpo. Mírame, qué pinta tengo. ¡Se me están poniendo las caderas muy anchas y tengo estas ubres enormes!».

«Tonterías», protestaba Billy, «tienes un saludable y hermoso cuerpo femenino, y no debes menospreciarte todo el tiempo de esa manera, ¡no lo permitiré!».

Y le pasaba el brazo por los hombros, cálidos y bronceados por el sol de Florida, que quedaban a la vista a través de la abertura en la espalda del traje blanco (la chaquetita de falsa lana de color amarillo canario depositada en el taburete vacío que había a su lado), ya que normalmente era bastante tarde, casi la hora a la que cierran los bares, cuando empezaban a hablar de lo que los años les habían hecho, los desgastes del tiempo. Al lado de Billy había también una banqueta libre en la que él había dejado el sombrero que usaba para ocultar a las calles sus menguantes cabellos. Podía ser cualquiera de esas noches que poco a poco van agotando la alegría con la que la has empezado. Podía ser una de esas noches en que la señora fortuna mostraba la vena malintencionada de su naturaleza. Habían tenido uno o dos encuentros prometedores que se habían esfumado, para acabar en un cero rotundo a las tres de la mañana. En el juego al que jugaban, el auténtico refinamiento en la tortura consiste en estar a punto de alcanzar una pieza y que entonces se rompa la cuerda: cuando eso sucedía, cada uno se lamentaba no tanto por sí mismo como por el otro y aguantaban la hora final antes del cierre hablando de las cosas malas que les había hecho el tiempo, la pérdida gradual de oído y de cabello, la expansión adiposa de sus pechos y nalgas, olvidando que aún eran personas bastante atractivas y que todavía no eran viejos.

De hecho, a la larga su suerte se repartió más o menos al cincuenta por ciento. Prácticamente noche sí, noche no, uno o el otro triunfaban en lo que Billy llamaba «la presa lírica». Uno o el otro o los dos podían tener éxito en las noches buenas, y si de verdad era una buena noche triunfaban los dos. Las buenas noches, lo que se dice noches buenas de verdad, no eran ni mucho menos tan escasas como los dientes de las gallinas, ni tan frecuentes como los tranvías, pero ellos sabían muy bien, los dos lo sabían, que tenían más éxito juntos que antes por separado, en el pasado. Despertaban algo bueno y cálido el uno en el otro y los desconocidos respondían a eso con algo cálido y bueno en ellos mismos. La soledad disolvía toda reserva y suspicacia, la noche era un maravilloso y cálido gran encuentro de gente, brillaba, resplandecía, tenía el efecto de una docena de grandes arañas, oh, era glorioso, era magnífico, sencillamente no podías describirlo, las luces de colores brillaban, y allí estaba todo, en su diseño definitivo y en su diseño original, todo junto, por fin encajando a la perfección: no, sencillamente no había palabras lo bastante buenas para describirlo. Y si ocurría lo peor, si alguien que parecía un ángel de Botticelli sacaba un cuchillo, si el peso de la ley caía de golpe sobre ti, y esas son al fin y al cabo posibilidades con las que una loca siempre debe contar, siempre podías decir que habías aprovechado el viaje.

Como todos aquellos cuya vida depende de la suerte, recibían de ésta tanto golpes brillantes como funestos reveses. Por ejemplo, la primera semana que operaron juntos en Manhattan. Fue algo extraordinario; no se podía esperar que una cosa así te sucediese dos veces en la vida. La pesca se estaba animando tanto como el recorrido de esos salmones que remontan las cataratas de las Montañas Rocosas para desovar. De la cabeza a la cola, de la cola a la cabeza, agolpándose, enjambrándose, aparentemente conducidos por un instinto sin trabas. No se trataba ya de pescar; era simplemente una cuestión de decidir a quiénes quedarse y a quiénes arrojar de vuelta a la corriente, todos relucientes, todos rápidos, ¡todos fluyendo en una dirección: hacia ti!

Esa semana estaban en Manhattan, donde trabajaban en equipo. Fue, para ser exactos, en Emerald Joe's, en la esquina de la 42 con Broadway donde se habían conocido la noche del pendiente de diamantes perdido que Billy había encontrado. Fue la semana de la gran ventisca y de la gran ofensiva roja de China sobre Corea del Norte. La combinación parecía generar un ambiente general asalvajado, y los negocios van siempre mejor cuando la atmósfera de una ciudad está excitada, sea debido a unas elecciones nacionales, al Año Nuevo o a una final del campeonato de la Serie Mundial de béisbol: cualquier cosa que agite a toda la población facilita el cancaneo.

Sí, era una combinación de circunstancias afortunada, y su primera semana juntos había sido brillante. Había sido de hecho antes de que empezasen a vivir juntos. En aquel momento, ella tenía una habitación en el Hotel Pennsylvania y él una en el Astor. Pero al final de aquella semana, la de su primer encuentro, abandonaron sus nidos separados y alquilaron uno a medias en un pequeño hotel del East Side en las calles cincuenta, elegido porque Cora tenía ahí un viejo amigo de su pueblo natal en Louisiana empleado como recepcionista nocturno. Era un tipo suelto que había conocido hacía mucho tiempo y, con total inocencia, esperaba que siguiera siendo el mismo. Cora no entendía cómo algunas personas se amargan con los años. Ella nunca se había vuelto malintencionada y le resultaba incomprensible que otras personas lo hicieran. Dijo que tener un amigo en recepción era un arreglo estupendo; estaría encantado de verles trajinar. Pero ése fue el punto en el que la cosa se torció...

La segunda semana en Nueva York no fue buena. Cora se había estado excediendo en su cuota de *whiskys* dobles con hielo, lo que se hizo notar de golpe. Su sistema ya no podía absorber más; había alcanzado el punto de saturación, y ya no aguantaba las noches. Su rostro tenía un aspecto hinchado y sus ojos estaban inyectados en sangre todo el tiempo. Parecían, como ella misma dijo, un par de huevos escalfados en un mar de sangre, y Billy tuvo que darle la razón. Empezó a parecer más vieja que nunca y le dieron temblores.

Luego, debió de ser el viernes de aquella semana, el marica de la recepción se volvió contra ellos. Billy ya suponía que acabaría haciéndolo, pero Cora no. Tarde o temprano,

Billy lo sabía, a la loca frustrada le daría un ataque de ictericia provocado por las constantes idas y venidas de jerseys de lana demasiado ajustados, y Billy no se había equivocado. Cuando introducían su mercancía, él lanzaba violentamente la llave sin mirarlos o sin decirles una palabra amable de saludo. Por fin una noche trajeron a un mancebo de farmacia, de aspecto completamente divino, de orígenes italianos, y a su casi igualmente atractivo compinche. El viejo amigo de Cora estalló, reventó como un sapo.

—¡Lo siento, musitó, pero esto *no* es una pensión de tres al cuarto! Deberíais haberos quedado en Times Square, donde empezasteis.

Se montó una escena. Se negó a darles la llave de la habitación mientras los dos marineros siguieran en el vestíbulo. Cora dijo: «Que te jodan, Mary», y extendió la mano sobre el mostrador y descolgó la llave del gancho. El viejo amigo la agarró de una muñeca y trató de que la soltara.

—¡Devuelve esa llave, aulló, o lo sentirás!

Empezó a retorcerle la muñeca. Entonces Billy lo golpeó, saltó por encima del mostrador y estampó al hijo de puta contra el cuadro eléctrico.

—Llama a la policía, llama a la policía —le gritó el recepcionista al portero.

A pesar de estar borracha, Cora se recompuso de pronto. Tomó el control de la situación en la medida en que la situación se dejaba.

—Vosotros, chicos, esperad fuera —les dijo a los marineros—, no tiene sentido que os metáis todos en problemas.

Uno de los dos, el italiano, quería quedarse y unirse a la trifulca, pero su colega, que era el más grande, lo arrastró a la fuerza hasta la salida. (Cora y Billy no los volvieron a ver nunca). Para aquel entonces, Billy tenía al recepcionista nocturno agarrado del cuello y, como si aquel recepcionista de noche fuera todo lo que detestase en un mundo hostil, le estaba dando unas bofetadas que le movían la cara de un lado a otro como si fuera elástica. Lo detuvo Cora. Tenía esa maravillosa, esa verdaderamente inestimable facultad de recuperar la sobriedad en los momentos críticos. Separó a Billy de su viejo amigo y le dio diez dólares al portero para que no llamase a la policía. Hizo uso de todo su encanto y dulzura sureños para tratar de enderezar las cosas. «Querido», le dijo, «pobrecito querido», al magullado recepcionista nocturno. No llamaron a la policía, pero el resultado de la situación estuvo lejos de ser agradable. Tuvieron que abandonar el hotel, por supuesto, y el amigo de infancia histérico dijo que iba a escribir a la familia de Cora en Alexandria, Louisiana, para darle un informe detallado de cómo estaba viviendo aquí en Nueva York y de cómo suponía él que había estado viviendo en cualquier otro sitio desde que se había ido de casa, que era cuando él la conocía.

En esa época Billy apenas sabía nada del pasado de Cora y de su vida anterior, y se quedó sorprendido al verla tan afectada por las histéricas amenazas, que a él le habían parecido de poca importancia. Pero Cora se pasó el día siguiente hablando de ello, especulando sobre si esa arpía lo habría llegado a hacer, y fue probablemente aquella amenaza lo que convenció a Cora para dejar Nueva York. Fue la única vez, mientras vivieron juntos, que Cora tomó una decisión, al menos sobre los sitios a los que ir y cuándo ir. No poseía ni una pizca de ese deseo de dirigir y dominar que es una perversión típicamente americana de la naturaleza femenina. Como Billy se decía a sí mismo, con esa extraña dureza suya hacia las cosas que amaba, Cora era como una gran alga que se deja llevar hacia aquí y hacia allá. No es saludable ni normal ser tan pasivo, pensaba Billy.

—¿Dónde quieres comer?

—No me importa.

—No, dime, Cora, ¿qué sitio prefieres?

—De verdad que no me importa —insistía ella—, me da lo mismo.

Algunas veces por exasperación él decía: «De acuerdo, vamos a comer en la máquina expendedora».

Sólo entonces objetaba Cora.

—Claro que sí, si quieres, cariño, ¿pero no podríamos comer en algún sitio donde sirvan alcohol?

Estaba de acuerdo con todo y con nada; parecía agradecida por cualquier decisión que se tomara por ella, pero justo aquella vez, cuando dejaron Nueva York, cuando hicieron su primer viaje juntos, irse fue una decisión de Cora. Esto fue antes de que Billy le empezara a tomar muchísimo cariño a Cora, y al principio, cuando Cora dijo: «Cariño, tengo que dejar esta ciudad o Hugo (el marica del hotel) informará a Bobo (su hermano, que era abogado en Alexandria y que le había hecho una jugarreta muy poco fraternal con cierta herencia) y habrá graves consecuencias, me congelará los ingresos», entonces, en este instante, Billy supuso que tomarían caminos diferentes. Pero en el último momento, Billy descubrió que no quería volver a una existencia de soltería. Descubrió que la travesía a solas había sido solitaria, que había consuelos espirituales además de ventajas materiales en su mutuo acuerdo. Por muy mala que se presentara la suerte, se había acabado eso de volver a casa solo, a los horrores de una habitación de hotel de segunda o tercera clase. Y además *estaban* las ventajas materiales, el hecho de que les iba mejor operando juntos, y el hecho de que era más económico. Billy se había tenido que poner un poco tacaño con el dinero, pues vivía de unos ahorros que quería estirar tanto como pudiese, y Cora se ocupaba de más de lo que le correspondía en el departamento de gastos. Siempre estaba dispuesta a hacerse cargo de la cuenta y Billy estaba deseoso de permitírselo. Ella hablaba de sus ingresos pero era muy vaga sobre cuánto era o de dónde venía. A veces, al mirar en su bolso, tenía una fugaz expresión de preocupación que hacía que Billy se preguntara con incómodo si su economía no estaría menguando hacia el declive, como la suya propia. Pero ninguno de los dos tenía una naturaleza previsora ni se atrevía a pararse y considerar mucho el futuro.

Billy viajaba ligero de equipaje: todo lo que llevaba consigo era una maleta para tres trajes, una maleta de mano y la máquina de escribir portátil. Cuando en un hotel se presentaban las dificultades, él podía recoger en cinco minutos o menos. Se acarició el mentón un minuto, luego dijo: «Cora, ¿qué pasa si me voy contigo?».

Tomaron un compartimento en el Sunshine Special a Florida. ¿Por qué a Florida? Una de las escasas fatuidades de Cora era un modesto dominio del francés; le gustaba usar pequeñas frases en un francés que pronunciaba mal: «Cariño», decía, «tengo un pequeño *pied-à-terre* en Florida».

Pied-à-terre era una de esas pequeñas expresiones francesas que estaba orgullosa de utilizar, y no dejaba de hablar de eso, de su pequeño *pied-à-terre* en el Estado del Sol.

—¿En qué parte está? —le preguntó Billy.

—No en un sitio de moda —dijo ella—, pero espera y verás, a lo mejor te sorprendes y te gusta.

Aquella noche en el coche-cama fue la primera vez que tuvieron sexo juntos. Ocurrió de manera casual, no fue importante y no fue muy satisfactorio, a lo mejor porque los dos estaban muy ansiosos de complacer al otro, cada uno muy preocupado por si el otro se sentía decepcionado. El sexo debe ser ligeramente egoísta para que haya excitación verdadera. Empiezas a preocuparte de las reacciones de la otra parte y entonces no sientes una gran excitación, y hay que hacerlo un determinado número de veces juntos antes de que llegue a ser algo lo suficientemente natural como para resultar completamente satisfactorio. La primera vez entre dos desconocidos puede ser como un resplandor de luz, pero cuando ocurre entre personas que se conocen bien la una a la otra y han desarrollado afecto, es habitual cohibirse e incluso sentirse un poco incómodo, sobre todo después.

Después hablaron de ello con una cierta tensión. Sentían que habían puesto orden en aquel asunto y que ya no habría que volver a pensar en una cosa así entre los dos nunca más. Pero quizá, de algún modo, añadió un cierto algo a la intimidad de la vida que compartían; al menos había, según ellos habían dicho, puesto un poco de orden en las cosas. Y hablaron sobre ello con timidez, cada uno esforzándose por halagar al otro.

—Oye, cariño —dijo Cora—, tienes un polvo estupendo, tienes una piel maravillosa, suave como la de un bebé, mira, de verdad que ha sido maravilloso, cariño, lo he disfrutado mucho, espero que tú también. Pero sé que no te ha gustado y fue egoísta por mi parte empezar a hacerlo contigo.

—Si es a *ti* a quien no le ha gustado —dijo él.

—Te juro que me ha *encantado* —dijo ella—, pero sabía que no *te* gustaba, de modo que no volveremos a hacerlo.

Él le dijo a Cora que tenía un polvo estupendo y que le había gustado tanto cada parte como a ella, y quizá incluso más, pero que estaba de acuerdo en que era mejor que no lo volvieran a hacer.

—Los amigos no pueden ser amantes —dijo.

—No, no pueden, asintió ella con una nota de tristeza.

—Porque entran en juego los celos.

—Sí, se vuelven celosos y malintencionados...

Nunca volvieron a hacerlo, al menos no completamente, ni una vez durante el año y dos meses que llevaban viviendo juntos. Por supuesto, había algunas noches alcohólicas, noches verdaderamente *ciegas* en las que no estaban muy convencidos de lo que había pasado entre ellos después de irse a la cama, pero podían estar bastante seguros de que en esas condiciones no había sido un sesenta y seis. Sesenta y seis era el término ligeramente inexacto que usaba Cora para un polvo normal, es decir, un polvo en la postura habitual.

—¿Qué ha pasado? —preguntaba Billy cuando ella había tenido una fiesta.

—¡Oh, ha sido maravilloso —exclamaba ella—: un sesenta y seis!

—Dios mío, ¿con lo borracho que estaba?

—Ah, pero yo le he devuelto la sobriedad —reía ella.

—¿Y tú qué has hecho, Billy? ¿Calentar las sábanas? ¡Ja, ja, tendrás que dejar la ciudad con una tabla clavada al culo!

A veces tenían una conversación seria, aunque la mayor parte del tiempo trataban de mantener la charla en un plano frívolo. A Cora le perturbaba hablar de asuntos serios, probablemente porque los asuntos eran demasiado serios como para hablar de ellos con comodidad. Y durante el primer mes o así, ninguno de los dos supo que el otro tenía de verdad una mente a la que podías dirigirte. Gradualmente fueron descubriendo sobre el otro el resto de las cosas, y aunque su persecución compartida de la «presa lírica», sin final e infatigable, era siempre el pilar fundamental de su relación, al menos en la superficie, las otras cosas, los valores tímidos y tiernos que pueden existir entre las personas, temerosamente empezaron a salir, y desarollaron un respeto mutuo, más allá de lo que se gustaban y disfrutaban, como ninguno había sentido por otra persona.

Era sin duda un raro tipo de anarquía moral el que les mantenía juntos, un aterrorizado odio compartido hacia todo lo que fuera restrictivo y que ellos percibieran como falso en la sociedad en la que vivían y contra los principios de la cual operaban sin descanso. No les disgustaban lo que llamaban «rectos»: se resistían a ellos y los despreciaban, por la mejor de las razones. Su existencia era una pugna sin final con los rectos del mundo, los rectos que sienten una rabia virulenta por todo lo que no aparezca en su manual. Sortear a los rectos, eludir, desafiar las falsarias leyes de la convención, de ahí venía quizás la mitad del placer de su forajida existencia. Eran un par de críos jugando a policías y ladrones; si no hubiera sido por ese componente, el escalofrío que produce lo que está fuera de la ley, probablemente se habrían cansado de trajinar. Puede que sí, puede que no. ¿Quién puede saberlo? Pero los recepcionistas de hotel, los soplones de los hoteles, las personas de las habitaciones contiguas, el espectro de la familia de Cora en Alexandria, Lousiana; el espectro de la familia de Billy en Montgomery, Alabama; las varias personas implicadas en el miserable control de los fondos; casi todo el mundo al que pasabas cuando estabas borracho y trastabillabas alegre por la calle, especialmente todas aquellas parejas de mediana edad con aspecto bovino que se apartaban repentinamente y se te quedaban mirando mientras entrabas arrasando en el vestíbulo de un hotel con tu cándida presa, todos, todos, todos aquellos eran sus enemigos naturales, al igual que el grande y terrible, el peor de todos los enemigos, el de la cola bifurcada, el de la pezuña hendida, el que lleva la horca: ¡el demonio del Tiempo!

El tiempo, por supuesto, era el mayor enemigo de todos, y ellos sabían que cada día y cada noche que pasaban acortaba un poco la distancia entre ellos dos, que corrían juntos, y aquel demonio perseguidor. Y saberlo, tener esa certeza de pesadilla, le proporcionaba una dulzura y una desesperación salvajes a su circo de dos pistas.

Y luego, por supuesto, estaba el hecho de que Billy era, o había sido en algún momento, una especie de artista frustrado y todavía conservaba un resto de nostalgia por aquello.

—Más tarde o más temprano —decía Cora— te vas a retirar de la fiesta.

—¿Por qué debería retirarme de la fiesta?

—Porque eres una persona seria. En esencia, eres un tipo de persona seria.

—No soy una persona más seria de lo que puedes serlo tú. Soy un mantenido y lo sabes.

—No, no lo sé —dijo Cora—. Los mantenidos reciben cartas con cheques, pero a ti no te llegan ni las cartas.

Billy se rascó la barbilla.

—¿Entonces de qué crees que vivo?

—Ja, ja —dijo ella.

—¿Qué quieres decir con «Ja, ja»?

—¡Quiero decir que sé lo que sé!

—Cojones —dijo Billy—, no sabes más de mí que lo que yo sé de ti.

—Lo que sé —dijo Cora— es que antes te ganabas la vida escribiendo y que llevas dos años sin escribir, pero aún sigues viviendo del dinero que hiciste como escritor, y tarde o temprano tendrás que dejar la fiesta y volver otra vez a trabajar y a ser una persona seria. ¿Qué te imaginas que pienso de la máquina de escribir portátil que cargas contigo a todas partes donde vamos, y la enorme carpeta llena de papeles que colocas entre las camisas en el portatrajes? No nací ayer, ni anteayer, cariño, y sé que un día dejarás la fiesta y me dejarás a mí en ella.

—Si yo dejo la fiesta, la dejaremos juntos —dijo Billy.

—¿Y yo *qué* haré? —preguntó ella, con realismo.

Y él no fue capaz de contestar a aquella pregunta. Pues él sabía y ella sabía, los dos lo sabían, que estarían juntos sólo mientras estuviesen en la fiesta, ni un minuto más. Y en el fondo de su corazón él sabía, por mucho que lo negase, que se parecería mucho más a cómo lo había predicho Cora con su tono de Casandra. Estaba a punto de pasar, cualquiera de aquellos días o noches. Él dejaría la fiesta, sí, con seguridad de los dos sería él el que saldría, porque Cora en realidad no tenía otra cosa que hacer que estar allí. Por supuesto, si ella se desmoronaba, eso la sacaría de allí. Normalmente o casi siempre es un colapso y no otra cosa lo que te saca de una fiesta. Una fiesta es como un tren que avanza rápido: no puedes saltar, atraviesa como el rayo las estaciones en las que te podrías apear, hay muy poca gente que tenga el valor de saltar desde algo que se mueve a esa velocidad, tienen que quedarse sin que importe adónde los lleve. Sólo se detiene cuando se estrella, el corazón se agota, un vaso sanguíneo revienta, el hígado o los riñones dejan de funcionar. Pero Cora era dura. Su sistema había absorbido mucho castigo, pero a juzgar por el presente le tocaba todavía absorber un montón más. Era demasiado dura para tener un colapso en cualquier momento, pero no lo suficientemente dura para cortar por lo sano, para dar con arrojo ese salto, que Billy sabía, o sentía que sabía, que él seguía siendo capaz de dar cuando estuviera listo. Cora tenía cinco o quizá diez años más que Billy. Apenas lo aparentaba, pero esos eran los años que le sacaba, y el tiempo es una de las mayores diferencias entre dos personas.

—Tengo noticias para ti, cariño, y será mejor que las creas.

—¿Qué noticias?

—Estas noticias —dijo Cora—: ¡vas a abandonar la fiesta y dejarme a mí en ella!

Bueno, probablemente era verdad, tan verdad como lo es cualquier cosa, y qué lástima que Cora fuera tan buena persona. Si no hubiese sido una persona tan agradable, tan agradable desde el principio que pensabas que debía de ser una falsa y sólo poco a poco llegabas a darte cuenta de que era real, no habría importado mucho. Pues a menudo las locas acababan discutiendo como una pareja de ladrones que riñen por el reparto del botín. Billy recordaba a aquélla de Baton Rouge que se había quedado tan enojada cuando él le había levantado la pieza a la que ella le había echado el lascivo ojo, que había hecho una efigie de Billy con cera de vela y le había clavado alfileres mientras lanzaba espantosas maldiciones. Había colocado la efigie de cera en la repisa y llevado a cabo ritos de magia negra delante de la figura. Pero Cora no era así. No tenía un solo hueso de maldad en el cuerpo. A veces sospechaba que estaba más interesada en que Billy tuviera buena suerte que en tenerla ella misma.

A veces Billy se hacía preguntas. «¿Por qué lo hacemos?».

«Somos personas solitarias», decía ella, «supongo que es tan sencillo como eso…».

Pero nada es tan simple como parece cuando estás confortablemente cocido.

Mirad esta ocasión, por ejemplo.

Billy y Cora están viajando en coche. El automóvil es un bien compartido que le compraron a un vendedor de coches usados en Galveston. Es un Buick descapotable del 47 con una nueva mano de pintura roja brillante. Cora y

Billy van a juego, con un brillo acorde; ella lleva un par de pantalones a cuadros blancos y negros, una camisa de *cowboy* con un caballo encabritado sobre uno de sus grandes pechos y un novillo atado sobre el otro, y lleva unas gafas de sol de mariposa con incrustaciones de falsos diamantes en la montura. Su pelo, recién oxigenado, está recogido como el de una niña en lo alto de la cabeza con un ligero pañuelo de gasa magenta; lleva puestos los pendientes de diamantes y sus muchas pulseras, tres de las cuales son de oro auténtico y dos sólo tienen un baño, y cientos de pequeños accesorios tintineantes, como pequeñas pelotas de fútbol, campanitas, corazones, mandolinas, trenecitos, trineos, raquetas de tenis, y cosas así. Billy piensa que se le ha ido un poco la mano. Hay que admitir, sin embargo, que ella es una persona llamativa, especialmente al volante de este Roadmaster escarlata brillante. Han recorrido el Camino Real, la Old Spanish Trail, desde El Paso hacia el Este en lugar de hacia el Oeste, y han decidido en el último momento resistirse a los encantos del sur de California al otro lado de las Rocosas y del desierto, ya que parece que el Buick tiene una cierta tendencia a calentarse y Cora se ha dado cuenta de que la presión del aceite no es la que debería ser. Así que se han ido hacia el Este en lugar de hacia el Oeste, con una escapada a Corpus Christi para investigar la verdad o la quimera de esas legendarias siete mirillas comunicadas en cierto salón de té de la ciudad. Resultó ser mentira o no las pudieron localizar. Dice Cora: «¡Vosotros los maricas conocéis sitios pero nunca sabéis dónde están esos sitios!».

Un pinchazo yendo a Nueva Orleans. «Era de esperar», dijo Cora, «nunca te dan buenos neumáticos». La rueda de repuesto tampoco es buena. Tuvieron que comprar dos nuevas llantas en Nueva Orleans y Cora las pagó empeñando algunos de sus adornos. Sobró algo de dinero y Cora le compra a Billy un par de botas de *cowboy*. Siguen en la coz del Salvaje Oeste. El aspecto de Billy también está lleno de color, con un par de vaqueros que le sientan como si se los hubiesen pintado encima, las botas repujadas con fantasía, y una camisa deportiva cubierta de delfines saltarines. ¡Ja, ja! Nunca se lo han pasado tan bien en su vida juntos, las luces de colores parpadean como molinillos el Cuatro de Julio, todo es una celebración enorme y muy brillante. El Buick parece haber sido una inversión bastante sólida, una vez que le han puesto buenas ruedas y ellos ponen el artilugio a trabajar otra vez…

«Vivimos en una era mecánica», se dicen una y otra vez.

¡Estuvieron en Mobile, Pensacola, West Palm Beach y Miami en una feliz brisa continua! ¡El marcador resplandece! Quince polvos, todos ellos autoestopistas recogidos en la carretera, desde que se hicieron con el descapotable. «Es lo que necesitábamos para hacer pleno», exulta Billy…

¡Entonces el malo entra en escena!

Están en los cayos de Florida, justo a medio camino entre el objetivo, Cayo Hueso, y la punta de la península. A su alrededor sólo son visibles el cielo y las ciénagas de manglares. Entonces, de repente, aquel vendedor de coches usados de Galveston se saca de la manga el comodín de risa maligna. De debajo del capó del coche llega un fuerte sonido metálico como el chirrido de unas cuchillas de acero. El despampanante cacharro ya no traga más gasolina. Poco a poco va dando tumbos hasta que se detiene, y tratar de encenderlo otra vez sólo sirve para descargar la batería. Por si fuera poco, la capota automática ha dejado de funcionar; es mediodía de un día del principio de la primavera tan cálido como el verano avanzado en los cayos de Florida…

Cora preferiría quitarle importancia a la situación, si Billy se lo permitiese. En la guantera hay mapas, una linterna y un termo de *dry martini*. El coche apenas ha exhalado sus últimos traqueteos y jadeos cuando el brazo profusamente ornamentado de Cora se alarga en busca de la simplificación infalible del dilema humano. Por primera vez en su vida juntos, Billy interfiere en su ingesta, y lo hace por pura mezquindad. Le agarra la muñeca y la detiene. De golpe es consciente de lo disgustado que está con lo que ella llama su actitud oriental hacia la vida. La compra de este cacharro fue idea de ella. Dos tercios de la inversión eran también dinero de ella. Además, ella se había preciado de ser una buena juez de motores. El propio Billy había confesado con sinceridad que no distinguía una bujía de un carburador. ¡Así que había sido Cora la que había examinado y evaluado las posibles compras en las tiendas de coches usados de Galveston y había salido con esta «ganga»! Había mirado bajo el capó y había contoneado toda su corpulencia bajo el chasis de docenas de coches antes de llegar a esta elección increíblemente equivocada. El coche había resultado sorprendentemente barato para ser un Roadmaster del 47 con un aspecto tan rutilante y atractivo, ¡pero Cora dijo que era tan sólido como el dólar americano! Puso mil dólares para el trato y Billy contribuyó con quinientos, que habían salido de la reventa a ediciones de bolsillo de una escabrosa novelucha que había escrito bajo seudónimo varios años antes, cuando era todavía miembro activo del gremio literario.

Ahora Cora alargaba el brazo a la guantera para alcanzar un termo de *martini* porque el coche cuya compra había sido responsabilidad suya había colapsado en mitad de ninguna parte…

Billy le agarra la muñeca y se la retuerce.

«¡Olvídate de ese maldito termo, no te vas a emborrachar!».

Ella lucha un poco con él, pero pronto abandona y de repente se pone femenina y empieza a llorar.

Después de eso, pasa un buen rato en que ambos permanecen sentados uno junto a otro en silencio en el crematorio forrado de cuero que es el descapotable.

Un zumbido empieza a oírse en la distancia. A lo mejor es un barco a motor al otro lado de los manglares, a lo mejor algo en la carretera…

Cora empieza a hacer tintinear sus joyas mientras agita su adornada persona de aquí para allá mientras mueve nerviosamente, como una gallina, la cabeza y los hombros y el torso, y mira con ansiedad a un lado y al otro y medio sale del coche y otra vez se deja caer con torpeza, y al final gruñe con impaciencia y salta del coche, pierde el equilibrio, se sienta en la cuneta, ja, ja, gatea de nuevo, se planta en medio de la carretera dibujando amplios círculos frenéticos con los brazos mientras una motocicleta se acerca. Si el motorista hubiese querido pasar de largo, apenas le habría sido posible. Más tarde Billy le recordará que fue *ella* quien lo detuvo. Pero ahora mismo Billy está encantado, no sólo por la perspectiva de un rescate sino mucho más por el aspecto del potencial instrumento rescatador. Sin duda, el motorista es un ser enviado de una compasiva región de la parte oculta del sol. Tiene una de esas cabezas rubias y con forma de bloque encajada en una garganta tan ancha como la cabeza misma y que tiene la suave y flexible musculatura del órgano masculino en la etapa temprana de la tumefacción. Este cuello desnudo y la rubia cabeza que lo corona no han estado nunca en un país alejado del sol. Las manos son enormes tiradores rectos de las doradas puertas del Paraíso. Y las piernas, a horcajadas de la inactiva furia de la moto (llamada Indian), no podrían haber sido mejor diseñadas por los atentos ojos y dedos de Miguel Ángel o Fidias o Rodin. ¡Está en la línea pura y directa de aquellos que han contemplado la sencilla gloria física de la humanidad y han testificado en piedra lo que han visto! Los ojos están ocultos por unas gafas de sol. Cora juzga bien a la gente por sus ojos, pero tiene que poder verlos. A veces le dice a un joven con gafas de sol: «¿Serías tan amable de descubrirte las ventanas del alma?». Se considera mejor juez de la buena y la mala mercancía que Billy, cuyo registro contiene un buen número de errores memorables. Más tarde, Cora recordará que desde el momento en que vio a este joven sobre la motocicleta algo le susurró: «Vigila», en el oído. «¡Cariño», dirá más tarde, «tenía más semáforos en rojo encima que los que encuentras cuando sólo tienes cinco minutos para llegar a la estación!». Tal vez sea una afirmación exagerada, pero es cierto que Cora tuvo recelos en exacta proporción al indisimulado encantamiento de Billy.

Por el momento, el chico parece bastante atento. Balancea sus fuertes piernas para bajarse de la motocicleta y las apoya en un soporte metálico. Abre el capó del coche y se inclina sobre él durante un par de minutos, apenas más que eso, entonces el cubo sin expresión vuelve al panorama y anuncia sin inflexión: «Los cojinetes no están».

—¿Eso qué quiere decir? —pregunta Cora.

—Quiere decir que os han jodido —dice.

—¿Qué podemos hacer?

—Ni una puta cosa. Será mejor que lo desguacéis.

—¿Qué ha dicho? —inquiere Billy.

—Ha dicho, —le cuenta Cora—, que los cojinetes no están.

—¿Qué son los cojinetes?

El motero emite una risa, breve como un ladrido. Ha vuelto a ponerse a horcajadas en el contundente volumen del asiento de cuero de su Indian, pero Cora ha vuelto a bajar del Buick y ha recurrido al tipo de coqueteo que incluso la mayoría de las locas llamarían vulgar. Ha cerrado la enjoyada mano derecha sobre la sección frontal, estrecha y elevada, del sillín que el chico aprisiona con las piernas. No es sólo proximidad sino contacto lo que hay entre las dos partes, y la rubia mirada del chico se ha vuelto a la vez despectiva y solícita, y su actitud hacia la situación ha sufrido una alteración drástica. Ahora está comprometido otra vez.

—Hay un taller en Boca Raton —les dice—. Veré si tienen un remolque.

¡Y sale de los cayos rugiendo!

Una hora y cuarenta y cinco minutos más tarde, remolcan el abdicado Roadmaster hasta Boca Raton, y Cora, Billy y su nuevo amigo están registrándose, los tres, en una cabaña de un *camping* llamado The Idle-Wild, que está al otro lado de la carretera, frente al taller.

Cora ha pensado sacar el termo de *martini* de la guantera y esta vez Billy no ha presentado ninguna objeción. Billy ha recuperado el buen humor. Cora todavía se siente culpable, abyecta y profundamente culpable, por la compra del resplandeciente fraude, pero lo afronta con buena cara. Sabe, sin embargo, que Billy nunca lo olvidará ni perdonará del todo, y ella no entiende por qué hizo esa estúpida profesión de saber tanto de motores. Fue, por supuesto, para impresionar a su querido compañero. Él sabe mucho más de tantas cosas, que ella tiene que aparentar, de vez en cuando, que sabe *algo* sobre *algo*, incluso cuando en el fondo sabe que es un diccionario exhaustivo y no abreviado de la ignorancia humana en casi todas las cosas de importancia. Suspira por dentro porque se ha transformado en una impostora y cuando ya has fingido una vez, ¿es posible dejar de simular?

Tratar de hacerse pasar por una juez entendida en motores la ha colocado en la triste y embarazosa posición de haberle hecho perder a Billy quinientos dólares. ¿Cómo puede compensarle?

Un susurro en el corazón de Cora: «¡*Le quiero!*».

¿A quién quiere ella?

Hay tres personas en la cabaña: ella, Billy y el hombre joven de la carretera.

Cora se menosprecia y nunca se ha sentido muy atraída por los hombres del tipo completamente físico.

¡Así que ahí está la atroz respuesta! ¡Está enamorada de Billy!

Esa certeza parece invocar un trago.

Se levanta y se sirve otro *martini*. Desafortunadamente alguien, es probable que la propia Cora, ha olvidado volver a enroscar la tapa en el termo y la bebida ahora está tibia. No hay mejor bebida que un *martini* helado, pero no hay peor bebida que un *martini* calentándose. Sin embargo, sea como sea, el descubrimiento recién hecho, el de que quiere a Billy, bien… ¡después de *eso* la temperatura de una bebida no es tan importante mientras la cosa siga siendo alcohol!

Se dice a sí misma: «¡He admitido un hecho! Bueno, lo único que se puede hacer con un hecho es admitirlo, pero, una vez admitido, no tienes que seguir insistiendo en ello».

Nunca más, mientras siga en la fiesta con su compañero, volverá a poner en palabras sus sentimientos por él, ni siquiera en la intimidad de su corazón…

«*Le cœur a ses raisons que la raison ne connaît pas!*».

Es uno de los pequeños dichos franceses que Cora está orgullosa de conocer y que a menudo se repite tanto a sí como a los demás.

A veces lo traduce, para quienes no saben francés, como sigue:

«¡El corazón tiene la primicia cuando el cerebro la ignora!».

«¡Ja, ja!».

Bien, ahora está de vuelta en la cabaña tras una excursión mental que debe de haber durado al menos media hora.

Las cosas han llegado así de lejos.

Billy se ha quedado en calzoncillos y ha convencido al cabeza-cuadrada rubio de que haga lo mismo.

Cora descubre por su cuenta que ella ha hecho concesiones al calor impropio de la estación que hace en el pequeño edificio de madera.

No lleva más que las bragas y el sujetador.

Echa un vistazo general sin verdadero interés al extraño de la cabeza cuadrada. Sí. Un torso magnífico, tan carente de sentido, ahora, para Cora, como un rompecabezas que montado representase una vaca mascando hierba en un pasto de postal con un árbol solitario...

—Perdonadme, chicos —le comenta a Billy—. Acabo de recordar que debo poner una conferencia a Atlanta.

«Una conferencia a Atlanta» es un mensaje en código entre ella y Billy.

Lo que significa es esto: «¡El terreno es tuyo para conquistarlo!».

Cora sale, después de echarse encima una chaqueta y haberse embutido en sus pantalones de cuadros.

¿Adónde va Cora? No va lejos, no va lejos en absoluto.

Está apoyada en una palmera a no más de cinco yardas de distancia de la cabaña. Está fumándose un cigarrillo a la sombra.

Dentro de la cabaña el terreno es para que Billy lo conquiste.

Billy le dice al motorista: «¿Qué te parezco?».

—Uh...

(¡Esa es la dubitativa respuesta a su pregunta!)

Billy le da una copa, otra, pensando que esto puede invocar un tipo de respuesta menos equívoca.

—¿Qué te parezco, ahora?

—¿Quieres saber lo que me pareces?

—¡Sí!

—¡Me gustas del mismo modo en que un ganadero ama a un pastor de ovejas!

—No estoy familiarizado —dijo Billy— con los gustos y aversiones de los hombres que tratan con ganado.

—¡Bien! —dice el rubio cabeza-cuadrada—. Si sigues haciéndote el tonto te voy a hacer una demostración.

Un minuto es una perspectiva microscópica de la eternidad.

Pasa menos de un minuto antes de que Cora oiga un sonido fuerte.

Supo lo que era antes incluso de oírlo, y casi antes de oír ese ruido sordo, de un cuerpo no caído sino lanzado contra el suelo, está ya de vuelta en la puerta de la cabaña y la abre empujándola y vuelve dentro.

«¡Hola!», es lo que dice con aparente buen humor.

No parece reparar en la postura de Billy sangrando por la boca en el suelo...

—Bueno —dice—, ¡ya he llamado a Atlanta!

Mientras está diciendo eso, se está quitando la chaqueta y los pantalones a cuadros... y no se detiene ahí.

Distracción inmediata es la prescripción del médico.

Se ha desnudado en diez segundos, y a la cama.

Billy ha salido y ella está soportando el abrazo más indeseado que puede recordar en toda su larga historia de abrazos deseados e indeseados y a veces sólo soportados con paciencia...

¿Por qué lo hacemos?

Somos personas solitarias. Supongo que es tan sencillo como eso...

¡Pero nada es nunca tan sencillo! ¿No lo sabes?

Y de este modo la historia continúa donde no se detiene...

La caza empezó a resultar indiferenciada. Una pieza era fundamentalmente la misma que otra, y las noches eran como olas que entraban y rompían y se volvían a retirar y te dejaban lavado en las húmedas arenas de la mañana.

Algo continuo y algo inmutable.

La dulzura de su vida juntos persistía.

«¡Somos amigos!», decía Cora.

Significaba mucho más que eso, pero a Billy le basta esa definición manifiesta, y no hay otra que el lenguaje pueda enmarcar con seguridad.

A veces miran a su alrededor, en intimidad y compañía, y lo que ven se parece a lo que ves a través de un telescopio potente dirigido hacia la luna: cráteres rotundamente iluminados y llanuras sin árboles y una vacante de luz —mucha luz, pero con un vacío dentro—.

El calcio es el elemento de este mundo.

Cada uno tiene una noción privada de la muerte. Billy piensa que su muerte va a ser violenta. Cora cree que la suya será despiadadamente lenta. Algo se irá rindiendo dolorosa pulgada a dolorosa pulgada...

Mientras tanto están juntos.

Para Cora eso es lo importante.

¡Ciudades!

¡Vosotros los maricas conocéis sitios, pero nunca sabéis dónde están esos sitios!

Ningún alcalde les ha tendido nunca una llave de oro, ni han entrado bajo una banda de seda de bienvenida,

¡pero han ido a todas partes en la mitad norte del hemisferio oeste, a este lado del círculo polar ártico! Ja, ja, y eso es más o menos todo...

¡Muchas ciudades!

A veces se levantan pronto para oír el tumulto de una ciudad que despierta y para reflexionar sobre ello.

Son dos en una fiesta que ha partido desviada.

¿Hacia la brutalidad? No. No es tan sencillo.

¿Hacia el vicio? No. Ni siquiera se acerca a ser tan sencillo.

¿Hacia qué, entonces?

¿Hacia algo ilegal? ¡Sí, por supuesto!

Pero, por la noche, las manos se entrelazan y no se hacen preguntas.

Por la mañana, la sensación de estar juntos sin que importe lo que venga, y la certeza de no haber pegado ni mentido ni robado.

Una hembra borrachina y un marica que viajan juntos, en una fiesta a cuatro manos, y la carrera continúa.

Se levantan pronto, a veces, y oyen cómo se va despertando la ciudad, el incremento del tráfico, el rumoroso arrastrar de pies de las masas de camino al trabajo, la cotidiana reanudación de la vida diurna de una ciudad y reflexionan un poco sobre eso desde su, digamos, situación a vista de pájaro.

Está la radio y los periódicos y está la TV, que según Billy quiere decir «Tostón Vodevil», y todo lo que se sabe es sabido muy exhaustivamente y muy exhaustivamente manifestado.

Pero después de todo, cuando reflexionas sobre ello en el único momento apropiado para la reflexión, ¿qué otra cosa puedes hacer más que volver tu otra mejilla sobre la almohada?

Dos locas que duermen juntas, a veces con un extraño entre ellas...

Una mañana sonará un teléfono.

Cora contestará, ya que es la que tiene el sueño más ligero y la que antes se levanta.

¡Malas noticias!

Colocando una mano sobre el estridente auricular, gesto instintivo para el secreto, le gritará a Billy:

—¡Billy, Billy, despierta! ¡Ha habido una redada en el Flamingo! ¡La cosa está que arde! ¡Haz la maleta!

Casi con alegría se entrega el mensaje y se hace la maleta, pues es divertido salir volando por la amenaza de un peligro.

(La mayoría de los sueños tratan de eso, tomando una u otra forma en la que el hombre recuerda a la distante madre alada...).

Se largan, de Miami a Jacksonville, de Jacksonville a Savannah o Norfolk, todo el invierno yendo y viniendo por el circuito de Dixie, en la primavera de vuelta en Manhattan, dos pájaros que vuelan juntos contra el viento, nada es real salvo la fiesta, e incluso la fiesta es un poco fantasiosa.

Por la mañana, siempre la voz de Cora, que se dirige al servicio de habitaciones, con voz enronquecida, floja, para no interrumpir el sueño de él mientras llega el café, y que luego dice con delicadeza: «Billy, Billy, tu café...».

La copa y la cucharilla resuenan como castañuelas mientras se lo tiende, a menudo derramando un poco en las sábanas y diciendo: «Oh, cariño, perdóname, ja, ja».

1951-52 (Publicado en 1954)

La similitud entre una funda de violín y un féretro

A la memoria de Isabel Sevier Williams

CON SU VENTAJA DE MÁS DE dos años y la más temprana madurez de las chicas, mi hermana me precedía en el camino hacia ese mundo de misteriosas diferencias donde crecen los niños. Y aunque, por supuesto, continuamos viviendo en la misma casa, ella parecía haber salido de viaje mientras seguía presente. La diferencia se hizo notar de manera más abrupta de lo que podría parecer posible y fue inmensa: era como las dos orillas del río Sunflower, que atravesaba la ciudad donde vivíamos. De un lado había tierras salvajes donde cipreses gigantes parecían participar en silenciosos ritos de reverencia al borde del río y se apreciaba también la borrosa palidez de las tierras de Dobyne, que antes habían sido una plantación, ahora desocupada y, por lo que parecía, devastada por una violencia impalpable y más feroz que las llamas y, detrás de aquella oscura cortina, los inmensos campos de algodón que absorbían toda la distancia visible en un solo barrido. Pero, al otro lado: avenidas, comercios, pavimentos y casas de personas; las dos orillas, separadas sólo por una amarillenta y lánguida corriente sobre la que se podía lanzar una piedra. El ruidoso puente de madera que dividía —o unía— esas riberas apenas era más corto que el intervalo en el que mi hermana se distanciaba de mí. Su aspecto era espantado, el mío desconcertado y herido. O bien no había explicación posible, o bien no estaba permitida, entre la que partía y el que se quedaba atrás. Lo primero que puedo recordar de cómo empezó todo aquello fue un día en que mi hermana se levantó más tarde de lo habitual con un aspecto raro, no como si hubiese estado llorando, aunque quizá lo hubiera hecho, sino como si hubiese recibido una sorpresa dolorosa o aterradora, y yo observé un cambio igualmente extraño en el trato que le dieron mi madre y mi abuela. La escoltaron a la mesa de la cocina para el desayuno como si estuviera en peligro de caerse hacia cualquier lado, y todo se lo alcanzaban como si ella no fuera capaz de cogerlo. Se dirigían a ella con voces susurrantes y solícitas, casi de la manera en que los sirvientes dóciles hablan a su amo. Yo estaba desconcertado y un poco molesto. A mí no me hacían caso en absoluto y el par de miradas que me dedicó mi hermana tenía un particular aire de resentimiento. Era como si yo la hubiese golpeado la noche anterior y le hubiera hecho sangrar por la nariz o le hubiese dejado un ojo morado, sólo que no tenía cardenales, ninguna herida visible, y no había habido encontronazo entre nosotros en los últimos días. Le dirigí la palabra varias veces, pero, por alguna razón, ignoró mis comentarios y cuando me irrité y le di un grito, mi abuela estiró el brazo y me retorció una oreja, en lo que fue una de las pocas veces que puedo recordar que me dirigió algo distinto al más cariñoso de los reproches. Era un sábado por la mañana, lo recuerdo, de un día caluroso y amarillo, y era la hora en que mi hermana y yo solíamos salir a la calle con nuestras bicicletas. Ese día se hizo caso omiso de esa costumbre. Después del desayuno mi hermana tenía un aspecto un poco más fortalecido, pero estaba aún alarmantemente pálida y más callada que nunca. Entonces la acompañaron al salón y la animaron a que se sentase al piano. Ella le hablaba en un tono bajo y quejumbroso a mi abuela, que ajustó la banqueta del piano con mucho cuidado, colocó un almohadón encima e, incluso, le pasó las hojas de las partituras como si ella fuese incapaz de encontrar el lugar por sí misma. Estaba ensayando una pieza sencilla llamada *El arpa eólica* y mi abuela permaneció sentada a su lado mientras ella tocaba, llevando el ritmo con una voz apenas audible y estirando de vez en cuando el brazo para tocarle las muñecas a mi hermana y recordarle que las mantuviera arqueadas. En el piso de arriba mi madre comenzó a cantar para sí, cosa que sólo hacía cuando mi padre acababa de salir para un largo viaje con sus muestras y no iba a volver durante una buena temporada, y mi abuelo, en pie desde el alba, mascullaba un sermón para sus adentros en el estudio. Todo era plácido salvo la cara de mi hermana. Yo no sabía si salir o quedarme. Merodeé un poco por el salón y al final le dije a la abuela: «¿Por qué no puede ensayar más tarde?». Como si hubiera hecho un comentario de lo más brutal, mi hermana prorrumpió en lágrimas y voló escaleras arriba a su dormitorio. ¿Qué problema tenía? Mi abuela me dijo: «Tu hermana no se encuentra bien hoy». Lo dijo con amabilidad y solemnidad y comenzó a seguir a mi hermana escaleras arriba, abandonándome. Me dejaron solo en el terriblemente anodino salón. La idea de montar solo en la bicicleta no me atraía, pues, a menudo, cuando lo hacía se metían conmigo los niños más duros de la ciudad, que me llamaban «Predicador» y encontraban un placer especial en hacerme preguntas obscenas que me avergonzaban hasta darme náuseas…

De ese modo fue como se estableció esa época de distanciamiento que yo no podía entender. De ahí en adelante, la división entre nosotros se fue estableciendo cada vez más claramente. Se diría que mi madre y mi abuela lo aprobaban y conspiraban para que se incrementase. Nunca les había preocupado el hecho de que yo dependiera tanto de la compañía de mi hermana, pero ahora estaban constantemente preguntándome por qué no me hacía amigo de otros niños. Me daba vergüenza decirles que los otros niños me daban miedo y tampoco estaba dispuesto a admitir que la salvaje imaginación de mi hermana y su ánimo inquebrantable hacían que toda compañía sustitutiva pareciese la sombra de una bruma, pues, ahora que ella me había abandonado y me retiraba misteriosa e intencionadamente su embriagadora cercanía, me sentía demasiado resentido como para reconocer, incluso secretamente, para mí mismo, cuánto había perdido con lo que ella se había llevado…

A veces creo que ella habría podido volver al conocido país de la infancia si se lo hubieran permitido, pero las damas adultas de la casa, incluso la chica de color, Ozzie, se pasaban el rato diciéndole que no era apropiado que hiciera esta cosa y esta otra. No era apropiado que mi hermana no llevase medias ni que se acuclillara en el patio en una zona donde la tierra no tenía plantas para hacer botar una pelota de goma y recoger los trocitos estrellados de un metal negro, llamados *jacks*. Tampoco era apropiado que yo entrase en su habitación sin llamar a la puerta. Todas esas cosas tan poco apropiadas me parecían mezquinas y estúpidas y perversas, y la herida que me hicieron me convirtió en alguien introvertido.

Mi hermana había estado dotada, de una manera mágica, para el salvaje país de la infancia, pero estaba por ver cómo se adaptaría al uniforme y no obstante más complejo mundo al que acceden las chicas cuando crecen. Sospecho que con la palabra uniforme he definido incorrectamente ese mundo: más tarde, es verdad, se vuelve uniforme, se resuelve en un diseño demasiado regular. Pero entre la infancia y el mundo adulto hay un terreno escabroso, que posiblemente sea más salvaje de lo que fue la infancia. La selva es interior. Parece que han dejado atrás las viñas y las zarzas, pero en realidad son más gruesas y más confusas, aunque vistas desde fuera no se note tanto. Esos breves años de peligrosa travesía son un ascenso a colinas ignotas. A veces quitan el aliento y nublan la visión. Mi madre y mi abuela materna, venían de una estirpe más tranquila que mi hermana y yo. Eran incapaces de sospechar los peligros a los que nos enfrentábamos, al llevar en nuestras venas la turbulenta sangre de nuestro padre. Fuerzas irreconciliables luchaban por la supremacía dentro de nosotros; la paz nunca se podía alcanzar: como mucho, se podía llegar a un inestable tipo de armisticio después de muchas batallas. La infancia había mantenido esas luchas en suspenso. De algún modo, estaban programadas para estallar en la adolescencia, subrepticiamente, sacudiendo la tierra bajo nuestros pies. Mi hermana sentía ahora esos temblores bajo sus pies. A mí me daba la sensación de que una sombra había descendido sobre ella. ¿O había descendido sobre mí, desde que su luz se había distanciado? Sí, era como si alguien hubiese llevado la lámpara a otra habitación en la que yo no podía entrar. La observaba a ella a distancia y bajo una sombra. Y cuando ahora pienso en ello, veo que aquellos dos o tres años en que los dados funestos estaban todavía en el cubilete inclinado, fueron los años de su belleza. Los largos rizos cobrizos que le caracoleaban sobre los hombros, saltando casi sin descanso cuando se excitaba, fueron inesperadamente cortados un día, la tarde de un día poco después de aquel en que con lágrimas inmotivadas había escapado volando del piano. Madre la llevó al centro. No me dejaron ir con ellas: me volvieron a decir que me buscase a alguien con quien jugar. Y mi hermana volvió sin sus largos rizos de cobre. Fue como un reconocimiento formal de las tristes diferencias y la división que habían embrujado la casa durante un tiempo. Cuando entró por la puerta principal, percibí que había comenzado a imitar los andares de las mujeres adultas, los gráciles y veloces y decorosos pasos de mi madre, y que mantenía los brazos a los lados en lugar de moverlos libremente como si estuviese descorriendo las cortinas, pues así era como le bailoteaban en esos días sepultados de golpe. Pero había mucho más que eso. Su entrada en el salón, a la hora en que se apagaba la tarde, fue tan solemne como si sonasen trompas de metal, tal belleza portaba. Madre entró detrás, arrebatada por la excitación, y mi abuela bajó las escaleras con ligereza desacostumbrada. Hablaron en susurros. «Asombroso», decía mi madre. «Es como Isabel». Así se llamaba una hermana de mi padre que era una belleza afamada en Knoxville. Probablemente fuese la única mujer del mundo ante la que mi madre se sentía intimidada, y nuestros esporádicos viajes de verano a Knoxville desde el Delta del Misisipi eran como homenajes rituales a un lugar de peregrinación, pues, aun cuando mi madre nunca hizo reconocimiento verbal de la superioridad de mi tía en asuntos de gusto y definiciones de calidad, era evidente que se acercaba a Knoxville y a la hermana menor de mi padre en un estado muy próximo al miedo y los temblores. Isabel tenía una llama, de eso no había duda, un resplandor que, una vez percibido, no desaparecía de los ojos. Tenía una cualidad horrible, como si brillase hacia fuera mientras ardía hacia dentro. Y no mucho después del tiempo al que se refieren estos recuerdos, habría de morir, de manera bastante abrupta y banal, como resultado de la extracción de una muela del juicio infectada, confiando su leyenda a una variedad de desolados ojos y corazones y memorias en los que ella había dejado impronta, entre los que estaban los míos, que a veces la habían confundido con mujeres que no se le parecían. «Es como Isabel», dijo mi madre en un susurro. Mi abuela no admitió que fuera así. También ella admiraba a Isabel, pero la consideraba demasiado entrometida y era incapaz de separar su conjunto de la excesiva conexión de sangre con mi padre, de quien debo decir, ya que estamos, que era un hombre endemoniado, puede ser que incomprendido, pero sin ninguna duda muy difícil en la convivencia…

Lo que yo vi en mi hermana no fue a Isabel, sino a una adulta desconocida cuya belleza agudizó mi sensación de soledad. Vi que todo había acabado, se había guardado en una caja, como una muñeca a quien ya no se hace caso: la mágica intimidad de nuestra niñez compartida, las pompas de jabón por las tardes, los juegos con muñecas de papel recortadas de catálogos de vestidos, y las carreras en bicicleta hasta quedar sin resuello. Por primera vez, sí, vi su belleza. Conscientemente me lo confesé a mí mismo, aunque me parece que me di la vuelta, aparté la mirada del orgullo con el que entró en el salón y se detuvo en el espejo de la repisa de la chimenea para ser admirada. Y fue entonces, más o menos en ese momento, cuando empezó a parecerme que la vida era insatisfactoria como explicación de sí misma y me vi forzado a adoptar el método del artista, que no explica sino que pone las piezas juntas de otra manera que le parece más expresiva. Lo cual es una manera bastante caprichosa de decir que comencé a escribir...

Mi hermana tenía también una ocupación aparte, que era el estudio de la música, al principio a cargo de mi abuela, pero después confiado a una profesora profesional cuyo nombre era Miss Aehle, una soltera casi prototípica que vivía en una pequeña casa de madera con un porche cubierto de campanillas y una valla cubierta de madreselva. Su nombre se pronunciaba *Ail-ly*. Se mantenía a sí misma y a un padre con parálisis con las clases de violín y de piano: no tocaba muy bien ninguno, pero tenía grandes dotes como profesora. O, si no grandes dotes, al menos sí gran entusiasmo. Era una auténtica romántica. Hablaba con tanta excitación que se iba más allá de sí misma y parecía desconcertada y exclamaba: «¿Qué estaba diciendo?». Era uno de los inocentes de este mundo, apreciada sólo por sus alumnos y por unas pocas personas de una generación más vieja. Sus alumnos casi siempre acababan por adorarla, les daba la sensación de que tocar pequeñas piezas al piano o arañar pequeñas melodías al violín compensaba todo lo que estaba ostensiblemente mal en un mundo, hecho por Dios, pero desordenado por el diablo. Era religiosa y extática. Nunca reconocía que sus alumnos, ni siquiera los que eran inconfundiblemente malos de oído, fueran deficientes en talento musical. Y de los pocos que tocaban moderadamente bien tenía la seguridad de que eran genios. Tenía dos alumnos verdaderamente estelares: mi hermana, al piano, y un chico llamado Richard Miles que estudiaba violín. Su fervor por los dos no tenía límites. Es cierto que mi hermana tenía buena mano y que Richard Miles le sacaba un sonido puro al violín, pero Miss Aehle soñaba con ellos como si fueran a tocar dúos y les esperasen clamorosas ovaciones en las grandes capitales del mundo.

Richard Miles, ahora pienso en él como un chico, pues tenía diecisiete años, pero en aquella época me parecía un completo adulto, incluso inconmensurablemente mayor que mi hermana, que tenía catorce. Me disgustaba profundamente incluso aunque empecé, casi justo después de enterarme de su existencia, a soñar con él como antiguamente había soñado con los personajes de los libros de cuentos. Su nombre comenzó a habitar la rectoría. Estaba casi constantemente en labios de mi hermana, esa joven extraña que había llegado a vivir con nosotros. Tenía una curiosa ligereza, aquel nombre, en el modo en que ella lo pronunciaba. No parecía salir de sus labios, sino ser liberado de ellos. En cuanto se pronunciaba, florecía en el aire y titilaba y flotaba y adquiría asombrosos colores igual que las pompas de jabón que hinchábamos en los soleados escalones de la parte de atrás en verano. Esas pompas se elevaban y flotaban y acababan por romperse, pero nunca antes de que otras pompas hubieran flotado junto a ellas. Doradas eran, y el nombre de Richard tenía un sonido dorado, también. Su apellido, que era Miles, sugería una idea de distancia, así que Richard era algo entre radiante y lejano.

Es posible que la obsesión de mi hermana por Richard fuese más intensa incluso que la mía. Como la mía estaba tomada de la suya, es probable que al principio la suya fuera más fuerte. Pero mientras que la mía era de un tipo tímido y triste, mezclada con mi sentimiento de abandono, la suya al principio pareció ser dichosa. Ella se había enamorado. Como siempre, yo fui detrás. Pero mientras que a ella el amor la hizo brillante, cuando empezó, a mí me hizo rezagado y torpe. Me llenó de una triste confusión. Me ató la lengua, o la hizo tartamudear y me deslumbraba de manera tan insoportable que tenía que apartar los ojos. Ésas son las vehemencias con las que uno no puede vivir, las que tiene que dejar atrás si quiere sobrevivir. ¿Pero quién puede evitar llorar su pérdida? Si los vasos sanguíneos pudieran contenerlos, ¿no sería mucho mejor conservar esos amores tempranos con nosotros? Pero, si lo hiciésemos, las venas se romperían y la pasión estallaría en la oscuridad mucho antes de que fuera necesario.

Recuerdo una tarde de otoño en que mi hermana y yo íbamos caminando por una calle cuando Richard Miles apareció, de repente, delante de nosotros con un grito alarmante. Lo veo dando brincos, probablemente desde los escalones de la blanca casita de Miss Aehle, emergiendo inesperadamente de entre las parras. Debía de venir de casa de Miss Aehle porque llevaba la funda del violín, y yo recuerdo que pensé cómo se parecía a un pequeño ataúd, un ataúd hecho para un niño pequeño o una muñeca. Pocas veces es posible recordar el aspecto de la gente que conociste en tu infancia, salvo si eran feos o hermosos, o luminosos u oscuros. Richard era luminoso y es probable que fuera más guapo que ningún otro chico que yo haya visto después. Ni siquiera recuerdo si era luminoso en el sentido de que fuera rubio o si la luminosidad venía de una cualidad más profunda en él que el pelo o la piel. Sí, probablemente las dos cosas, ya que él era una de esas personas que se mueven con una luz provista por prácticamente todo lo que tiene que ver con ellas. Este detalle lo recuerdo. Llevaba una camisa blanca, y a través del tejido se le veía la clara piel de los hombros. Y por primera vez, de forma prematura, reparé en la piel como en una atracción. Una cosa que podría ser deseable tocar. Esa revelación entró en mi mente, mis sentidos, como la súbita llamada que sigue a un cometa. Y mi perdición, que había empezado con el mero acercamiento de Richard hacia nosotros, estaba ahora completada. Cuando se giró hacia mí y me tendió la enorme mano, hice una cosa tan grotesca que desde entonces no pude volver a estar junto a él sin sentir una devastadora vergüenza. En lugar de tenderle la mano me di la vuelta. Emití un sonido entrecortado que poco podía tener que ver con el habla y luego pasé a toda prisa al lado de las figuras, la de él y la de mi radiante hermana, y volé hasta un comercio que había justo al lado.

Aquel mismo otoño los alumnos de Miss Aehle dieron un concierto. Ese concierto tuvo lugar en la parroquia de mi abuelo. Y durante las semanas que lo precedieron, los alumnos se prepararon para esa ocasión que parecía tan importante como la Navidad. Mi hermana y Richard Miles iban a interpretar un dúo, ella al piano, por supuesto, y él al violín. Practicaron por separado y practicaron juntos. Por su cuenta mi hermana tocaba la pieza muy bien, pero por alguna razón, más poderosa de lo que parecía en el momento, encontraba gran dificultad en tocar acompañada por Richard. De repente todos los dedos se le convertían en pulgares, las muñecas se le ponían tensas, toda su figura se encorvaba rígidamente sobre el piano y su belleza y su gracia se desvanecían. Era extraño, pero Miss Aehle tenía la seguridad de que lo superaría con la práctica repetida. Y Richard era paciente, era increíblemente paciente, parecía estar más preocupado por lo que le pasaba a mi hermana que por él. Fue necesario ensayar horas extra. A veces, cuando salían de la casa de Miss Aehle porque llegaban otros alumnos, continuaban en la nuestra. En consecuencia, las tardes eran peligrosas. Nunca sabía cuándo la puerta principal podría abrirse a la atroz belleza de Richard y a su saludo, al cual yo no podía responder, no podía soportar, del que debía escapar grotescamente. Pero la casa estaba dispuesta de tal modo que aunque yo me escondiera en mi cuarto durante las horas de ensayo, podía seguir viéndolos al piano. Mi dormitorio daba a la escalera que bajaba hasta el salón donde ensayaban. El piano estaba en el centro de mi campo de visión. Estaba colocado en el rincón más luminoso del salón y, a cada lado, había ventanas con visillos, de manera que la luz del sol sólo estaba tamizada por los encajes y los helechos.

Durante la última semana antes del concierto —¿o era recital como lo llamaban?— Richard Miles vino casi invariablemente a las cuatro de la tarde, que a finales de octubre era la última hora de sol verdaderamente bueno. Y siempre un poco antes de esa hora yo bajaba la persiana verde de mi cuarto y con un fantástico sigilo, como si el menor ruido pudiera delatar una acción vergonzosa, abría la puerta dos pulgadas, la apertura justa para enmarcar el rincón del piano como si utilizase los telones laterales de un escenario. Cuando los oía entrar por la puerta principal, o incluso antes, cuando veía sus sombras arrojadas sobre el cristal oval y la cortina que rodeaba la puerta u oía sus voces mientras subían por el porche, me aplastaba sobre el ombligo en el frío suelo y me quedaba en esa posición tanto tiempo como estuvieran ellos allí, no importaba cuánto me dolieran las rodillas o los codos, y tenía tanto miedo de revelar esta vigilancia a la que les sometía mientras ensayaban que apenas me atrevía a respirar.

La transferencia de mi interés por Richard parecía ahora completa. Yo apenas me fijaba en cómo tocaba mi hermana, gruñía a cada una de sus meteduras de pata sólo por compasión hacia él. Cuando recuerdo al pequeño puritano que era en aquellos días… debía de haber una chocante ambivalencia entre mis pensamientos y mis sensaciones mientras lo contemplaba a él a través de la rendija de la puerta. ¿Cómo demonios pude explicarme a mí mismo, en aquella época, la fascinación por su ser físico sin, al mismo tiempo, confesarme que era un pequeño monstruo de sensualidad? O quizá es que aquello fue antes de que hubiera empezado a asociar lo sensual con lo impuro, un error que me torturó durante y después de la pubertad; o quizá, como ahora me parece más probable, me dije a mí mismo: «¡Sí, Tom, eres un monstruo! Pero así son las cosas y no hay nada que hacer al respecto». Y así continué regalándome los ojos con su belleza. De eso no hay duda. Cualquier resistencia que se presentase en mi alma desde la «legión de la decencia», era agotada a la primera escaramuza, no exterminada, pero derrotada a conciencia, y los lamentos que seguían venían en la forma de rubores no advertidos. No es que hubiera en el fondo nada de lo que avergonzarse en adorar la belleza de Richard. Seguramente estuviese hecha para ese propósito, y los chicos de mi edad hechos para conmoverse ante tales ideales de gracia. Llevaba siempre la camisa de blanco níveo a través de la que yo, en principio, había visto la mitad superior de su cuerpo, y ahora, en aquellas tardes, debido a la ubicación del piano entre dos ventanas que arrojaban sus rayos en los ángulos, el material blanco se volvía transparente con la luz, el torso brillaba a su través, ligeramente rosa y plata, los pezones en el pecho y los brazos un poco más oscuros y el diafragma latiendo mientras al ritmo de su respiración. Es posible que después haya visto cuerpos más gráciles, pero no estoy convencido de haberlo hecho, y el suyo, creo, sigue siendo un estándar en mi subconsciente. Recordándolo ahora, y recordando la ferviente y modesta mística de la carnalidad en la que yo me sumergía mientras estaba en cuclillas en el suelo de un frío dormitorio, pienso en Camilla Rucellai, aquella excitable mística de Florencia, que se supone vio a Pico della Mirandola entrar en las calles de aquella ciudad en un caballo blanco como la leche, en medio de una tormenta de luz de sol y flores, y se desmayó ante aquel espectáculo, murmurando, mientras volvía en sí: «¡Pasará en la época de los lirios!», queriendo decir que él moriría pronto, ya que nada así de claro podía declinar en los grados habituales de un ciclo de marchitamiento. La luz estaba allí sin duda en toda su compleción, e incluso un tipo de flores, al menos sombras de ellas, pues había flores de encaje en las cortinas de las ventanas, y ramas de verdad de helechos que proyectaban la luz sobre él; no había tormenta de flores pero sí las sombras de las flores, que son quizá más adecuadas.

¡Y cómo elevaba y manejaba el violín! Primero se remangaba la blanca camisa y se quitaba la corbata y se aflojaba el cuello como si estuviera llevando a cabo los preparativos para el amor. Luego había un chasquido metálico, cuando liberaba el cierre de la funda del violín. Entonces la tapa superior se levantaba y la luz del sol caía sobre el deslumbrante interior de la caja. Estaba forrado de peluche y el peluche era esmeralda. El violín en sí era algo de un tono más oscuro que la sangre, y aún más lustroso. A Richard me imagino que debía de parecerle aún más precioso. Sus manos y sus brazos cuando lo sacaban de la funda decían la palabra «amor» de un modo aún más dulce de lo que el habla podría decirla, y, oh, qué preciosas fantasías despertaban en mí su gracia y su ternura. Yo era un soldado herido, el más joven del regimiento, y él, Richard, era mi joven oficial, que arriesgaba su vida para rescatarme del campo donde había caído y me devolvía a la seguridad en la misma cuna de brazos que sostenía entonces su violín. Los sueños, quizás, iban más lejos, pero yo ya me he mortificado bastante por el repentino triunfo de la impureza tras mis ardientes ojos; ya no son necesarios más detalles…

Ahora me preocupa un poco que esta historia parezca estar perdiéndose como un camino que sube por una colina y luego se pierde en una maleza de zarzas. Pues ya os he contado todo salvo una de las cosas que se destaca muy claramente y aun así no me he aproximado a ninguna clase de conclusión. Por indefinido que sea, siempre hay algún objetivo que asiste a la necesidad de recuerdos e historias.

La cosa muy clara que falta es la tarde del recital a mediados de noviembre, pero antes relatar aquello, debería contar más de mi hermana y del estado tan convulso que padecía. Me sería posible asomar a su mente, a sus emociones, pero no estoy seguro de que fuera muy sabio, pues en aquella época yo era hostil a todo lo que tenía que ver con ella. Sentimientos heridos y sentimientos celosos se intrincaban demasiado en mi visión de ella en aquella época. Como si ella estuviera siendo castigada por una traición a la infancia que habíamos compartido, yo sentía una gratificación teñida de desdén ante sus dificultades en el dúo con Richard. Una tarde oí por casualidad una conversación telefónica que mi madre recibió de Miss Aehle. Miss Aehle estaba al principio perpleja y, más tarde, seriamente alarmada y completamente desconcertada por el repentino declive de las reconocidas aptitudes de mi hermana al piano. Había estado cantando sus alabanzas durante meses. Ahora parecía que mi hermana estaba a punto de desacreditarla públicamente, pues no sólo era incapaz de aprender piezas nuevas, de repente, sino que estaba olvidando las antiguas. En principio se había planeado interpretar varios números solistas para abrir el concierto, y luego acabar en el dúo con Richard.

Ahora los solos tenían que ser cancelados del programa y Miss Aehle temía, incluso, que mi hermana no fuera capaz de tocar en el dúo. Se preguntaba si a mi madre se le ocurría alguna razón por la que mi hermana había sufrido este inoportuno y doloroso declive. ¿Estaba durmiendo mal, cómo estaba de apetito, cambiaba mucho de humor? Madre volvió del teléfono muy enojada con la profesora. Le repitió todas las quejas y reservas y preguntas a mi abuela, que no dijo nada pero frunció la boca y sacudió la cabeza mientras cosía como una de aquellas venerables mujeres que entienden y gobiernan el destino de los mortales, pero no tuvo ninguna solución práctica que aportar, sólo dijo que tal vez fuera un error que a los niños brillantes se les empuje a hacer cosas como aquélla tan pronto...

Richard conservaba la paciencia con ella la mayor parte del tiempo y, de vez en cuando, había momentos en los que se reanimaba, en los que atacaba el piano con una explosión de confianza y las melodías surgían de sus dedos como pájaros que salen de sus jaulas. Tales reactivaciones nunca duraban hasta el final de una pieza. Siempre se producía un traspié y luego otro desmoronamiento. Una vez el propio Richard se desató. Agitó el violín en el aire como si fuera una escoba que barriese telarañas del techo. Dio grandes zancadas por el salón blandiéndolo de un lado a otro y soltando gruñidos que eran tan sinceros como cómicos; cuando volvió al piano, donde ella se retorcía de consternación, la cogió por los hombros y le dio una sacudida. Ella estalló en lágrimas y habría huido al piso de arriba, pero él la detuvo en el poste de la escalera. No dejó que se fuera. La retuvo con unos murmullos que yo no alcancé a distinguir y la condujo suavemente de nuevo al rincón del piano. Y entonces ella se sentó en la banqueta del piano con las grandes manos de él asiendo cada lado de su estrecha cintura mientras ella sollozaba con la cara escondida y formando nudos con los dedos. Y mientras los observaba desde mi gruta oscura, mi cuerpo aprendió, al menos con tres años de antelación, la ferocidad y el fuego del deseo de la vida por trascender el propio cuerpo, y continuar así para seguir la curva de la luz y del tiempo...

La tarde del concierto, mi hermana se quejó en la cena de que tenía las manos entumecidas, y estuvo frotándoselas y hasta las puso encima del pitorro de la tetera para que el vapor se las calentara. Estaba muy guapa, lo recuerdo, cuando se vistió. Tenía el color más subido de lo que yo nunca la había visto, pero tenía pequeñas perlas de sudor en las sienes y me ordenó con enfado que me fuera de su habitación cuando aparecí en la puerta antes de que estuviera preparada para pasar la inspección familiar. Llevaba un calzado plateado y un vestido de aspecto muy adulto y que era del mismo color verdoso del mar de sus ojos. Tenía la cintura baja según la moda de aquellos tiempos y llevaba en él abalorios de plata que formaban serpentinas y flecos. Su dormitorio tenía la humedad del cuarto de baño anejo. Abrió la ventana. La abuela la cerró, declarando que cogería frío. «Oh, déjame en paz», contestó ella. Los músculos de su garganta aparecían curiosamente prominentes mientras se miraba en el espejo. «Deja de empolvarte», dijo mi abuela, «te estás cubriendo la cara de polvos». «Bueno, es mi cara», replicó ella. Y luego estuvo a punto de tener un berrinche debido a un pequeño comentario crítico que le hizo Madre. «¡No tengo talento», dijo, «no tengo talento para la música! ¿Por qué tengo que hacerlo, por qué me obligáis, por qué se me ha forzado a esto?». Incluso mi abuela acabó por rendirse y se fue de la habitación. Pero cuando llegó el momento de salir hacia la parroquia, mi hermana bajó las escaleras con un aspecto bastante sereno y no dijo palabra alguna mientras nos preparamos para salir. Una vez en el automóvil susurró algo sobre su pelo desordenado. Mantuvo las rígidas manos hechas un nudo sobre su regazo. Primero condujimos a casa de Miss Aehle y la encontramos en pleno ataque de histeria porque Richard se había caído de la bicicleta aquella tarde y se había despellejado los dedos. Estaba segura de que aquello dificultaría su interpretación. Pero cuando llegamos a la parroquia, Richard ya estaba allí, tan calmado como un lago de patos, tocando delicadamente con la sordina en las cuerdas y sin incapacidad aparente. Los dejamos, profesora y alumnos, en el guardarropa, y nos fuimos a ocupar nuestros asientos en el auditorio, que estaba empezando a llenarse, y recuerdo que reparé en una inscripción medio borrada en la pizarra que se refería a una lección de la Escuela Dominical.

No, no salió bien. Tocaron sin partitura, y mi hermana cometió todos los errores que había cometido durante los ensayos y algunos nuevos. No parecía capaz de recordar la composición más allá de las primeras páginas; era una bastante larga, y repitió aquellas páginas dos veces, es posible incluso que tres. Pero Richard estuvo heroico. Parecía adelantarse a cada una de las notas falsas que ella daba e inclinar el arco con una fuerza adicional para cubrirla y rectificar sus fallos. Cuando ella empezó a perder el control totalmente, vi cómo él se acercaba a su posición, de modo que la brillante figura de él la protegía parcialmente de la vista, y lo vi, en un momento crucial, cuando parecía que el dúo podría fracasar por completo, levantar el arco bien alto en el aire, a la vez retener el aliento en una especie de «¡Ah!», un sonido que oí mucho más tarde a los toreros a punto de desafiar una embestida, y bajarlo hacia las cuerdas en un movimiento dominante que le arrebató la guía a mi hermana y los sumergió en el pasaje que ella por pánico había olvidado... Durante un compás o dos, creo, ella dejó de tocar, se sentó ahí sin moverse, aturdida. Y luego, finalmente, cuando él le dio la espalda a la audiencia y le murmuró algo a ella, ella volvió a empezar. Ella volvió a tocar pero Richard tocaba de manera tan brillante y tan rica que el piano apenas se apreciaba por debajo de él. Así lograron sobrellevarlo y cuando acabó recibieron una ovación. Mi hermana empezó a correr hacia el vestuario pero Richard la cogió de la cintura y la contuvo. Entonces algo extraño ocurrió. En lugar de hacer una reverencia, ella de pronto se dio la vuelta y apoyó su frente contra él, la presionó contra la solapa de su traje de sarga azul. Él se ruborizó y se inclinó y tocó la cintura de ella con los dedos, gentilmente, con los ojos mirando hacia abajo...

Condujimos a casa en silencio, casi. Había una conspiración para pasar por alto que algo desafortunado había ocurrido. Mi hermana no dijo nada. Se sentó con las manos hechas un nudo sobre el regazo exactamente como había estado antes del concierto, y cuando yo la miraba, me daba cuenta de que tenía los hombros demasiado estrechos y la boca un poco demasiado ancha para ser una belleza de verdad, y que su reciente hábito de encorvarse le hacía parecer un poco como una vieja dama imitada por un niño.

En ese punto Richard Miles se desvaneció de nuestras vidas, pues mi hermana se negó a seguir estudiando música, y no mucho después ascendieron a mi padre, un trabajo de oficina como ejecutivo de segunda en una compañía zapatera del Norte, y nosotros dejamos el Sur. No, no estoy poniendo todas estas cosas en su exacto orden cronológico, mejor será que lo confiese, pero si lo hiciera violaría mi honor como contador de historias...

En cuanto a Richard, la verdad es exactamente congruente con el poema. Un año o dos más tarde nos enteramos, en aquella pequeña ciudad del norte a la que nos habíamos trasladado, que había muerto de neumonía. Y entonces recordé la funda de su violín, y cuánto se parecía a un pequeño féretro negro hecho para un niño o una muñeca…

Octubre de 1949 (publicado en 1950)

Caramelos duros

ÉRASE UNA VEZ, EN UN PUERTO sureño de América, un comerciante retirado de setenta años que se llamaba Mr. Krupper, un hombre gordo y poco atractivo que no tenía parientes cercanos. Había sido el dueño de una pequeña tienda de dulces, que había vendido hacía años a un primo lejano, mucho más joven, con cuyos padres, que ya no vivían, había emigrado a América hacía unos cincuenta y tantos años. Pero Mr. Krupper no había renunciado del todo al control sobre la tienda, y esto era un detalle muy insatisfactorio para el primo lejano y su mujer y su hija de doce años, a la que Mr. Krupper, con el cariño inagotable de un hombre viejo por un chiste ya pasado de moda, todavía invariablemente se dirigía y refería como «La gran ciudadana del mundo», un título inventado para ella por el propio primo cuando era una niña de cinco años y su tendencia a la obesidad no era un problema tan serio como parecía ser ahora. A los primos ahora les sonaba como una burla maliciosa, aunque Mr. Krupper lo decía siempre con aire benevolente: «¿Cómo está hoy "la gran ciudadana del mundo"?», a la vez que le daba una palmadita rápida en la mejilla o en el hombro, y la chica contestaba: «¡Muérete!», cosa que el viejo nunca oyó, porque su alta presión sanguínea le proporcionaba unos zumbidos constantes en los oídos que le ahorraban todos los comentarios que no se le gritaran. Al menos él parecía no oírlo, pero uno no podía estar seguro con Mr. Krupper. El alcance de su ingenuidad era difícil de determinar.

Los ancianos enfermos viven a distancias variables del mundo. A veces parecen estar a mil kilómetros de distancia, en algún mar invisible con las velas puestas en la dirección que no es y nada de la orilla parece llegar hasta ellos, pero, otras veces, el más ligero además o el más desmayado susurro les alcanza. Pero la aversión e incluso el odio parecen ser algo a lo que desarrollan una falta de sensibilidad con la edad. Parecen presentarse con la misma naturalidad que el cuarteamiento de la piel. Y Mr. Krupper no mostraba signos de darse cuenta de cuán profundamente sus primos detestaban sus visitas matutinas a la tienda. La familia de tres miembros se retiraba a las habitaciones del fondo de la tienda cuando lo veían aparecer, a menos que, casualmente, estuvieran entretenidos por un cliente, pero el viejo esperaba con paciencia hasta que uno de ellos se veía forzado a reaparecer. «No te apresures, si algo me sobra es tiempo», solía decir. Él nunca se iba sin meter la mano en el bote de caramelos duros y llevarse un puñado que se guardaba en una bolsa de papel en el bolsillo. Esta pequeña costumbre era la que los primos encontraban más exasperante de todas, pero no podían hacer nada al respecto.

La cosa era así: la pequeña tienda había resultado tan poco beneficiosa desde que los primos se habían hecho cargo de ella, que nunca habían sido capaces de producir más que el interés del pago final que se le debía a Mr. Krupper. Así que no tenían más remedio que tolerar sus depredaciones. Una vez el primo, el hombre, agriamente hizo notar que Mr. Krupper debía de tener una dentadura extraordinaria para un hombre de su edad si podía comer tantos caramelos duros, y el viejo había replicado que no se los comía él. «¿Y quién se los come?», inquirió el primo, y el viejo dijo, con una amplia sonrisa llena de dientes amarillos: «¡Los pájaros!». Los primos nunca habían visto al viejo comerse uno de los caramelos. A veces se acumulaban en la bolsa de papel hasta que se expandían fuera del bolsillo como un gran tumor, y otras veces quedaban misteriosamente mermados, apenas visibles bajo la brillante solapa azul del bolsillo, y entonces el primo le decía a su mujer o a su hija: «Parece que los pájaros tenían hambre». Esas bromas siniestras e irritadas se habían sucedido sin apenas variación durante un tiempo muy largo. La magnitud del desagrado de los primos hacia el viejo era tan difícil de determinar como el grado de insensibilidad del hombre hacia ello. Después de todo, no se basaba en nada importante, dos o tres centavos al día en caramelos duros y unos pocos y breves intercambios de palabras aparentemente inocentes, pero había durado demasiado tiempo, muchos años. Los primos no eran gente imaginativa, ni siquiera lo suficiente como para quejarse ante sí mismos de la tibia e incolora regularidad de sus vidas y la desgarradora esterilidad de su embotada voluntad de seguir y prosperar y continuar siguiendo, y la pequeña niña que se hinchaba como un muñeco de goma, continuamente, sin ningún sentido, que metiéndose tristemente los dulces en la boca, sin siquiera saber que lo estaba haciendo, lloraba con amargura cuando se le decía que tenía que dejarlo, que insistía, de manera bastante sincera, en que no sabía que lo había hecho, y que cinco minutos más tarde lo hacía otra vez, y recibía un palmetazo en las gordas manos y lloraba otra vez pero sin acordarse más tarde, más gorda ya que cualquiera de sus gordos progenitores y desarrollando bastos hábitos, tales como eructar y atender a los clientes con la nariz goteante y llamada «Gordi» en el colegio y que, por eso, llegaba a casa llorando. Todas esas cosas podían fácilmente ser asociadas de alguna manera con las ineludibles visitas matutinas de Mr. Krupper, y éste ser cómodamente concebido como la imagen encarnada de todas estas pequeñas penas y resentimientos... y así ocurrió.

En el curso de esta historia, y ya muy pronto, será necesario hacer sobre Mr. Krupper ciertas revelaciones de una naturaleza demasiado ordinaria como para tratarla en una obra de tal brevedad. Los extremadamente naturalistas detalles de una vida, contenidos en el amplio contexto de esa vida, son suavizados y matizados por la misma, pero cuando tratas de poner esos detalles en un cuento, es necesaria una cierta medida de oscuridad o de luz indirecta para conseguir el mismo, o aunque sea aproximado, efecto dulcificador que su despliegue en el tiempo da a aquellos elementos burdos en la propia vida. Cuando digo que había cierto misterio en la vida de Mr. Krupper, estoy empezando a enfocar esos detalles de la única manera posible sin recurrir a una violencia frontal que disgustaría y destruiría y que, de hecho, falsificaría la historia.

Tener odio y desprecio por una persona, como los que los primos sentían por el viejo Mr. Krupper, exige la asunción de que conoces prácticamente todos los detalles de cierta relevancia sobre él. Si admites que es un misterio, admites que la hostilidad puede ser injusta. Así que los primos no conseguían ver nada misterioso en el viejo y en su existencia. A veces el primo o su mujer lo seguían hasta la puerta cuando salía de la tienda, se quedaban en la puerta y lo miraban mientras arrastraba los pies a lo largo de la manzana, normalmente con una mano cerrada sobre el bolsillo que contenía la bolsa de caramelos duros, como si fuese un pájaro a punto de salir volando. Pero no era por curiosidad hacia él, no era interesada especulación sobre las idas y venidas de aquel hombre lo que motivaba aquellas miradas a su espalda mientras se alejaba, era sólo la clase de mirada que le echas a una roca en la que te has golpeado el dedo del pie, una mirada insensatamente viciada que le echas a un maligno objeto sin conciencia. No había sitio en la puerta para que el matrimonio de primos, tan gordos como estaban, pudiera contemplarlo a la vez. El que llegaba el primero era el que se quedaba mirando y el que emitía el «buff» de asco mientras por fin él desaparecía de la vista, un «buff» tan asqueado como si hubieran penetrado en los precisos misterios sobre él a los que nosotros nos estamos aproximando con cautos desvíos. El otro de los primos, el que no había conseguido llegar en primer lugar a la puerta, se quedaba detrás, cerca pero con la visión obstaculizada, y el avance del viejo a lo largo de la calle y su giro final se transformaban en un espectáculo que sólo podía ser disfrutado, o detestado, de manera indirecta: sólo mediante el comentario proporcionado por el primo en la posición favorable. Naturalmente, no había mucho que comentar. El avance de un hombre viejo a lo largo de la manzana de una ciudad no es algo memorable. A veces el que estaba en la puerta decía: «Ha recogido algo de la acera». El otro entonces respondía: «¡Buff! ¿Qué?», momentáneamente alarmado por si pudiera ser algo de valor, y satisfecho al enterarse de que el viejo lo había vuelto a tirar unos pasos más adelante. O el informador decía: «¡Está mirando un escaparate! ¿Cuál? ¡El de la tienda de ropa para hombres! ¡Buff! Nunca comprará nada…».

Pero los comentarios acababan siempre con el anuncio de que había cruzado la calle, hacia la pequeña plaza pública en la que Mr. Krupper parecía pasar todas las mañanas después de la parada en la tienda de golosinas. Los comentarios y las contemplaciones y los «buffs» de asco no revelaban un verdadero interés o curiosidad o especulación sobre él, sólo la atención extremadamente inconsciente que se dedica a algo en lo que se está de acuerdo que no tiene misterios en absoluto...

Es más, habría sido difícil para cualquiera, a partir de una observación externa no llevada al punto de verdadero afán detectivesco, descubrir qué era lo que le daba a Mr. Krupper el cierto aire que tenía de estar metido en algo bastante más trascendental que los vulgares zanganeos de un hombre mayor retirado del negocio y sin lazos familiares estrechos. Para apreciar algo se tendría que estar buscando algo, e incluso en ese caso podría pasar una mañana o parte de una tarde o incluso a veces hasta un día entero sin que nada de lo que se topara con tu observación te asaltara como una diferencia apreciable. Sí, él era casi como cualquier otro viejo de esos que ves agachándose dolorosamente para recoger las páginas dispersas de un periódico abandonado, o saliendo con paso tembloroso de un cuarto de baño público con los dedos buscando a tientas los botones, o merodeando por una esquina como si por un momento no tuvieran muy claro qué camino tomar. Sin ataduras y sin rumbo, estos viejos están siempre obsesionados con pequeñas seguridades y hábitos como los que habían ordenado la vida de Mr. Krupper, desde una perspectiva externa. Los hábitos son la vida. Cualquier cosa inesperada les recuerda la muerte. Se quedarán durante media hora mirando con insistencia un banco ocupado antes que sentarse en uno que está vacío pero no es familiar y, por tanto, no les parece de fiar; ese tipo de banco frío en el que el corazón podría agitarse y detenerse o los intestinos aflojar de golpe un cálido chorro de sangre. Esos viejos están siempre recogiendo pequeñas cosas y dudan mucho cada vez que tienen que deshacerse de algo, incluso si es algo de poco valor que han recogido hace sólo un momento por mera falta de atención. Suelen llevar un sombrero, en el Sur suele ser uno muy viejo y blanco que se ha vuelto amarillo como sus dientes o gris como sus quebradizas uñas y sus barbas de tres días. Y de vez en cuando, tienen un modo de quitarse el sombrero con un gesto que parece como un saludo respetuoso, como si una gran dama invisible hubiese pasado delante de ellos y les hubiese concedido una sutil reverencia de reconocimiento; y luego, unos pocos instantes después, cuando la ligera brisa les ha hecho cosquillas y alborotado lo que les queda en el cuero cabelludo, el sombrero vuelve a su sitio, más lenta y cuidadosamente de como se lo habían quitado; y entonces, amablemente, cambian su posición en el banco, nunca sin haber curvado los dedos tiernamente bajo el saqueado hogar de su sexo. Suspiros y gruñidos conforman su lenguaje consigo mismos, y hablan siempre de un desánimo y una confusión apagada, bien aliviada por un pequeño cambio bien momentáneamente agravada por él. De ordinario no hay más misterio en sus vidas que el que hay en un gris reloj de un dólar ya casi consumido por los momentos que ha marcado. Esos son los viejos amables, los viejos dulces y los viejos limpios del mundo. Pero nuestro hombre, Mr. Krupper, es un pájaro de distinto plumaje, y ahora es el momento, de hecho, es probable que se nos haya pasado el momento, de seguirle más allá de la plaza pública hacia la que giró cuando los primos ya no podían verlo. Es necesario avanzar la hora del día, saltarse la mañana y las primeras horas de la tarde, pasadas en la plaza pública y las calles de ese vecindario, y es necesario seguir a Mr. Krupper en tranvía hasta otra zona de la ciudad.

Nada más subir en el tranvía, Mr. Krupper experimenta una cierta alteración, no demasiado sutil para no revelar señales externas, pues se sienta en el tranvía con un aire de vigilancia que no tenía en el banco de la plaza pública. Se sienta más erguido y sus pequeños gestos: cuando pesca algo en los bolsillos, cuando se revuelve en el asiento de sucia paja amarilla, cuando sube o baja la persiana, son todos ejecutados con mayor viveza y precisión, como si fueran los movimientos de un hombre mucho más joven. La anticipación hace eso, y nosotros le notaríamos esa misteriosa actitud de expectación, creciendo de manera leve pero perceptible mientras el coche va gimiendo hacia otra parte de la ciudad. Y podríamos notar incluso cómo empieza a tomar cierto color, mientras se prepara para tocar el timbre y levantarse de su asiento una manzana antes de la parada en la que se baja. Cuando baja es con toda la dolorosa y resollante concentración de un escalador inexperto que sigue una cuerda que cae por una ladera en los Alpes, y el «gracias» que musita cuando pone el pie en el pavimento es demasiado bajo para que alguien lo oiga. Ha descendido, al final, con un gran suspiro, una respiración casi cósmica, y eleva los ojos mucho más allá del nivel de los tejados sin que parezca que mira al cielo, una elevación puramente mecánica que alguna vez pudo tener significado, un saludo a la razonable Providencia que se supone está situada en algún sitio sobre el nivel de los tejados, si es que de verdad está en algún sitio. Y ahora, Mr. Krupper, está a una manzana del lugar al que en realidad va y que es el sitio donde los misterios de su naturaleza van a hacerse desagradablemente manifiestos para nosotros. Por alguna razón, un pueril, aprensivo tipo de disimulo, Mr. Krupper prefiere caminar la última manzana de su destino en lugar de descender del tranvía justo en él. Mientras camina, y todavía un poco antes de que sepamos adónde está yendo, apreciamos cómo lleva a cabo algunos preparativos y ajustes, pequeños y ansiosos. Primero da una palmadita al paquete de caramelos duros. Luego alcanza el bolsillo contrario de la chaqueta y extrae un puñado de monedas de veinticinco centavos, las cuenta, se asegura de que haya exactamente ocho y se las vuelve a echar al bolsillo. Entonces saca del bolsillo de la pechera de la chaqueta, desde detrás de un sobresaliente pañuelo blanco —siempre la más blanca entre de sus posesiones—, un par de gafas de cristales oscuros, cristales tan oscuros que los ojos no son visibles detrás de ellos. Se las pone. Y ahora, por primera vez, parece que se atreve a mirar directamente hacia el sitio que lo atrae, y si seguimos su mirada vemos que no es nada más aparentemente inocente que un viejo teatro llamado el Joy Rio.

Así que esa parte del misterio se ha disuelto, y no es nada más llamativo que la pequeña regularidad, propia de un reloj, que lo lleva tres veces a la semana —los lunes, los jueves y los sábados por la tarde, alrededor de las cuatro y media— a un cierto cine de tercera situado cerca de los muelles y conocido como Joy Rio. Y si siguiéramos a Mr. Krupper sólo hasta la puerta de ese cine, nada de naturaleza erótica sería apreciable, a menos que a uno le parezca peculiar que vaya tres veces a la semana a ver un programa que sólo se cambia los lunes, o que nunca se detenga a consultar los carteles del exterior, de esa manera gradual y reflexiva propia de la mayor parte de los hombres viejos que cultivan el hábito de ir al cine, sino que va directamente a la taquilla, o incluso que, antes de cruzar la calle hasta la manzana en la que se levanta el teatro, no sólo se pone las gafas de aspecto misterioso, sino que acelera el paso como si le impulsase un viento cortante que soplara con malicia en su nuca de hombre viejo. Pero, a todas luces, no vamos a dejarlo aquí, vamos a seguirlo más allá de la taquilla y hasta el interior del cine. E inmediatamente, tan pronto como hayamos hecho esa entrada, la premonición de algo que se sale de lo ordinario se cernirá sobre nosotros. Pues el Joy Rio no es, de ningún modo, un teatro cualquiera. Es el fantasma de un lugar que en su día fue elegante, en el que se representaba teatro y ópera, hace mucho. Pero el edificio no se alza dentro de los límites geográficos de esa parte de la ciudad que se considera como de valor histórico. Su reducción a la miseria, su conversión en un cine de tercera, no ha sido especialmente comentado por la prensa o por un público sentimental. De hecho, sólo cuando se encienden las luces, durante los breves intervalos entre los pases o a su conclusión, puede distinguirse de cualquier otro cine barato. Y aun entonces sólo puede distinguirse mirando hacia arriba. Al mirar hacia arriba se ve que tiene no sólo las zonas habituales para la orquesta y la platea, sino, además, dos hileras superpuestas que se extienden en forma de herradura de un lado a otro del proscenio, pero el dorado pálido y el terriblemente maltratado damasco rojo de los tramos superiores nunca reciben la luz suficiente como para generar una impresión fuerte desde las escaleras. Hay que seguir a Mr. Krupper por la gran escalera de mármol, que sube aún más allá del nivel de la platea, antes de que realmente se puedan empezar a explorar los misterios físicos del lugar. Y eso, por supuesto, es lo que vamos a hacer.

Eso es lo que vamos a hacer, pero antes vamos a orientarnos con algo más de precisión en el tiempo, pues aunque esas visitas de Mr. Krupper al Joy Rio son acontecimientos de repetición casi eterna, nuestra historia es la narración de un momento en concreto y trata de un individuo, y ambos deben quedar ubicados antes de que nos reincorporemos a la compañía de Mr. Krupper.

Llegamos así a una cierta tarde en que un enigmático joven que bien puede quedarse sin nombre, ha entrado en el Joy Rio sin saber nada de su particular naturaleza y no por otra razón que la de procurarse unas horas de sueño, pues es un forastero en la ciudad al que no le llega el dinero para una habitación de hotel, y que está aterrorizado ante la posibilidad de que le detengan por vagabundear y le pongan a hacer trabajos gratuitos para la comunidad y apenas le den de comer. Tiene mucho sueño, tanto que sus movimientos son más instintivos que conscientes. La película que proyectan esa tarde en el Joy Rio es una épica de las praderas del Oeste, llena de voces fuertes y tiroteos, así que el chico se coloca tan lejos de la ruidosa y brillante pantalla como la geografía del Joy Rio le permite. Sube las escaleras hasta la primera galería. Ahí arriba está oscuro, pero sigue habiendo ruido; así que continúa su ascenso, sólo levemente sorprendido de averiguar que es posible hacerlo. La oscuridad es mayor a medida que se aproxima al segundo nivel y el clamor de la pantalla se va reduciendo en la misma proporción. En la oscuridad, cuando hace un giro en las escaleras, adelanta lo que parece por un momento ser, para su sorpresa, una figura femenina desnuda. Se detiene ahí el tiempo suficiente para averiguar que es sólo una pieza de un grupo escultórico de tamaño natural, fría a los dedos y decepcionantemente dura en los sitios donde toca ingenuamente; una ninfa hecha de piedra, llena de telarañas, en una hornacina en el giro de las escaleras. Sigue subiendo y el sueño ya está extendiéndose sobre él, como una manta negra y de pelo muy rizado, en el momento en que llega, a ciegas, a ese preciso pasillo de palcos al que también va a llegar, en pocos minutos, el viejo cuyos misterios son los mismos, tristes del Joy Rio...

Para cuando Mr. Krupper llega al palco y se asegura la neutralidad del acomodador con una propina generosa, el chico ha caído en picado, como un tronco, en las profundidades del sueño, recorriendo todo el camino hasta el aterciopelado fondo, sin un sonido que marque el lugar donde ha caído. La cabeza cuelga hacia delante, los muslos se han separado y los dedos casi acarician el suelo. Los húmedos labios se han abierto y el aliento silba suavemente, pero no llega a ser oído por Mr. Krupper. Está tan oscuro en el palco que, el viejo gordo, casi se sienta en el regazo del joven antes de descubrir que alguien ha ocupado su sitio habitual. Al principio Mr. Krupper piensa que este compañero casi invisible puede ser cierto joven italiano que conoce, que a veces comparte el palco con él unos pocos minutos, a intervalos poco frecuentes, con cuatro o cinco semanas de diferencia, y susurra inquisitivamente el nombre de ese joven, que es Bruno, pero no obtiene respuesta, y decide: «No, no puede ser Bruno». El leve olor que le hizo pensar que podría ser él, un olor compuesto de sudor y tabaco y la prodigalidad de ciertas glándulas juveniles, no resulta del todo extraño a la nariz del viejo, y ahora que está convencido de que no se trata de Bruno, siente sin embargo un revuelo de anticipatoria felicidad en el pecho, que también proviene del esfuerzo de haber tenido que subir dos pisos por la gran escalera. En una postura encorvada localiza la otra silla y cuidadosamente la pone donde quiere que esté, a una distancia bien calculada de la que está ocupada por el durmiente, y entonces Mr. Krupper se acomoda en el asiento con el aparatoso juego de rodillas de un camello viejo. Eso hace que la sangre le circule a una velocidad descontrolada. Ah, bien. Ya está hecho.

Pasan unos pocos minutos en los que la vista de Mr. Krupper se acostumbra a las condiciones de luz en el palco, que es casi como la boca de un lobo, pero incluso entonces es imposible distinguir los detalles de la figura que hay a su lado. Sí, es joven, es esbelto. Pero la cabeza dormida cuelga un poco hacia un lado, el lado alejado de Mr. Krupper, y a veces pasa que en la oscuridad uno comete errores muy peligrosos. Hay ciertas búsquedas en las que hasta el hombre más precavido debe desviarse de la cautela absoluta si su intención es disfrutarlas. Mr. Krupper lo sabía. Hacía un montón de años que lo sabía y por eso había mantenido tan elaborada cautela en casi toda la totalidad de los otros departamentos de su vida, para compensar aquellas necesarias infracciones de esa precaución que era la triste concomitancia de su tipo de placer. Y, por eso, como medida de cautela, Mr. Krupper hurga en su bolsillo en busca de una caja de cerillas que lleva consigo sólo con ese propósito: asegurarse una mirada relativamente clara a su compañero de palco. Prende la cerilla y se echa un poco hacia atrás. Y entonces su corazón, de 70 años y ya cansado por el reciente esfuerzo en las escaleras, sufre un espasmo alarmante, pues nunca en esta vida secreta que lleva, nunca en treinta años de asistencia a las matinés de Joy Rio, ha descubierto el viejo Mr. Krupper a su lado, ahora incluso al alcance de su mano, inspirando a la oscuridad con su cálida fragancia animal, a un joven moreno de una belleza remotamente equivalente.

La cerilla se consume entre sus dedos, deja que caiga al suelo. Su chaleco está a medio abotonar, pero se lo desabotona del todo para inspirar profundamente. Algo le duele dentro, primero en el pecho, luego más abajo, una nerviosa contracción de sus intestinos enfermos. Se susurra a sí mismo la palabra alemana para calma. Se reclina en la incómoda y pequeña silla y trata de mirar la lejana pantalla parpadeante de la película. La excitación de su cuerpo no amainará. La respiración no se estabilizará. La contracción de los nervios y los músculos intestinales le provoca un dolor agudo, y se pregunta, por un momento, si no le será necesario volver apresuradamente al piso de abajo para vaciar los intestinos. Pero entonces, de repente, el durmiente a su lado se agita y medio se sienta, en la penumbra. La cabeza que colgaba se yergue súbitamente y dice una palabra cortante en español. «Perdóneme», dice Mr. Krupper, suavemente, sin querer. «No sabía que estaba usted ahí». El joven suelta una risa gruñona y parece volver a relajarse. Emite un sonido triste, como un suspiro, mientras se vuelve a hundir en la silla al lado de Mr. Krupper. Mr. Krupper se siente algo más calmado en ese momento. Es difícil decir por qué pero la casi insoportable intensidad de la proximidad, el descubrimiento, ya ha pasado, y también Mr. Krupper adopta una postura más relajada en la dura silla. El espasmo muscular y la taquicardia han disminuido gentilmente y las tripas parecen haberse asentado. Pasan los minutos en el palco. Mr. Krupper tiene la sensación de que el joven que está a su lado, esa visión, todavía no ha vuelto al sueño, aunque la cabeza vuelve a colgar a un lado, esta vez hacia él, y los miembros descansan con la relajación de antes. Despacio, como de manera clandestina, Mr. Krupper se hurga en los bolsillos en busca de los caramelos. Desenvuelve uno y se lo mete en la boca, que le arde y siente seca. Entonces saca otro que tiende en la palma de la mano, que tiembla un poco, hacia el joven desconocido. Se aclara la garganta, que parece difícil que pueda emitir algún sonido, y se las arregla para decir: «¿Un caramelo?». «Ah», dice el joven. La sílaba suena sobresaltada. Por un momento parece que está desconcertado o enfadado. No hace ningún movimiento inmediato para tomar o rechazar el caramelo, sólo se incorpora en la silla y mira. Luego gruñe de repente. Los dedos arrebatan el caramelo y se lo lanzan directamente a la boca, con envoltorio y todo. Mr. Krupper se apresura a advertirle que el caramelo va envuelto. Él vuelve a gruñir y se lo saca de la boca y Mr. Krupper lo oye arrancar el bastante frágil envoltorio y después, oye cómo el caramelo cruje ruidosamente entre las mandíbulas del joven. Antes de que las mandíbulas hayan dejado de triturar, Mr. Krupper ha desenterrado la bolsa entera de caramelos de su bolsillo, y ahora dice: «Toma alguno más, toma varios, hay un montón». Otra vez el joven duda ligeramente. Otra vez gruñe. Luego hunde la mano en la bolsa y Mr. Krupper la nota más ligera, como la mitad, cuando la mano sale. «¿Hay hambre?», susurra con un tono interrogativo. El joven gruñe de nuevo, afirmativamente y de un modo que parece amistoso. «No te precipites», piensa Mr. Krupper. «No te precipites, hay mucho tiempo, ¡no se va a desvanecer en el humo como el sueño que parece!». Así que se mete los caramelos que quedan en el bolsillo, y emite un sonido gatuno como de gratificación, mientras vuelve a mirar hacia la parpadeante pantalla en la que un héroe vaquero galopa hacia una puesta de sol. En un momento, acabará la película y las luces se encenderán durante un intervalo de un minuto antes de que el programa comience otra vez. Existe, por supuesto, el riesgo de que el joven se vaya. Esa posibilidad tiene que ser considerada, pero la respuesta afirmativa a la pregunta: «¿Hay hambre?», ya le ha dado alguna pista, que no llega a promesa, de que la asociación entre ellos continuará.

Ahora, justo antes de que las luces se enciendan, Mr. Krupper hace un movimiento audaz. Alcanza el bolsillo contrario al de la bolsa de caramelos y saca todas las monedas de veinticinco centavos que le quedan, en total unas seis, y las desliza tan juntas en el puño que tintinean un poco. Esto es todo lo que hace. Y las luces vuelven gradualmente, como el nacimiento del día sólo que un poco acelerado; el que fue un elegante teatro florece pálidamente como una rosa invernal allí abajo, mientras él se echa hacia delante para parecer interesado en lo que ocurre en el piso inferior. Está demasiado nervioso, pero sabe que ese período de luz será muy corto, no más de un minuto o dos. Pero también sabe que es gordo y feo. Mr. Krupper sabe que es un viejo horrible, vergonzoso y despreciable incluso para aquellos que soportan sus caricias, quizás incluso más para ellos que para los que sólo lo ven. En eso no se engaña a sí mismo en absoluto, y por eso es por lo que seleccionó las seis monedas de veinticinco y las hizo sonar un poco antes de que se encendieran las luces. Sí, ahora. Ahora las luces están volviendo a apagarse y el joven sigue allí. Si bien ahora está al tanto del desagradable aspecto de Mr. Krupper, de todos modos sigue a su lado. Y sigue desenvolviendo los caramelos duros y triturándolos en sus poderosas mandíbulas, sin cesar, con el ritmo automático e invariable de un caballo que masca su comida.

Las luces están de nuevo apagadas del todo y el pánico ha pasado. Mr. Krupper deja de simular que le interesa lo que pasa en el piso de abajo y vuelve a apoyarse en la inestable silla. Ahora algo se eleva en él, algo heroico, determinado, y se tiende hacia el joven, volviéndose un poco, y con la mano izquierda encuentra la mano derecha del joven y le ofrece las monedas. Al principio la mano del joven no varía su posición, no responde a la doble presión humana y metálica. Mr. Krupper está a punto de entregarse una vez más al pánico, pero entonces, en el preciso instante en que su mano está a punto de renunciar al contacto con la mano del joven, esa mano se da la vuelta, se gira, para poner la palma hacia arriba. Mr. Krupper sabe que el contrato se ha sellado entre ellos.

Cuando alrededor de las doce, las luces del Joy Rio se encendieron por última vez aquella noche, el cuerpo de Mr. Krupper fue descubierto en su alejado palco del teatro, con las rodillas hincadas en el suelo y el voluminoso torso metido a presión entre dos desvencijadas sillas doradas, como si hubiera expirado en actitud orante. El aviso de la muerte del viejo recibió una prominencia desacostumbrada para el obituario de un hombre que no tenía relevancia pública y cuyo personaje privado era tan particularmente anodino. Pero, evidentemente, el personaje privado de Mr. Krupper iba a permanecer anónimo en los recuerdos de aquellas personas anónimas que habían disfrutado o aprovechado su compañía en el pequeño palco del Joy Rio, ya que el aviso no incluía mención de nada de una naturaleza tan especial. Lo redactó una reportera solterona que se había quedado impresionada por los valores sentimentales de un comerciante de setenta años retirado, que moría de trombosis en una película de vaqueros, con una bolsa rajada de caramelos duros en el bolsillo y con el suelo a su alrededor cubierto de envoltorios pringosos, algunos de los cuales incluso se le habían pegado a los hombros y las mangas de la chaqueta.

De los primos, fue la gran ciudadana del mundo quien primero dio con tan agradable noticia en el periódico y quien anunció las novedades con una voz estridente, como el silbido de un vapor que anuncia el meridiano del día, y fue ella la que exclamó, horas más tarde, mientras la parca familia estaba todavía en estado ebullición por la excitación y la gloria que les provocaba la noticia: «¡Tan sólo piensa, papi, que el viejo se asfixió con nuestros caramelos duros!».

Marzo de 1953 (publicado en 1954)

Rubio y Morena

EL ESCRITOR KAMROWSKI TENÍA muchos conocidos, especialmente ahora que su nombre había empezado a adquirir cierto lustre público, y también tenía unos pocos amigos que había conservado a lo largo de los años del mismo modo que conservas unos pocos libros que has leído varias veces, pero de los que no te quieres deshacer. Esencialmente era un hombre solitario que, sin ser autosuficiente, vivía como si lo fuera. Nunca había sido capaz de creer que nadie se preocupase mucho por él de verdad, y quizá nadie lo hacía. Cuando las mujeres lo trataban con ternura, lo que ocurría a veces a pesar de su reserva, él sospechaba que estaban tratando de engañarle. No estaba cómodo con ellas. Hasta le incomodaba sentarse frente a una mujer en la mesa de un restaurante. No podía devolverle la mirada por encima de la mesa ni concentrarse en las brillantes cosas que ella estuviese diciendo. Si por casualidad llevaba una joya en el cuello o en la solapa de la chaqueta, mantenía los ojos en el adorno y lo miraba con tal fijeza que ella acababa por interrumpirse para preguntarle por qué lo encontraba tan fascinante o, incluso, se lo llegaba a quitar del vestido y se lo alargaba por encima de la mesa para facilitarle una inspección más próxima. Cuando se iba a la cama con una mujer, el deseo a menudo abandonaba su cuerpo tan pronto como se quitaba la ropa y exponía su desnudez ante ella. Sentía sus ojos sobre él, mirando, sabiendo, suponiendo, y el deseo escapaba como si fuese agua, dejándolo sin movimiento, como un cuerpo muerto en la cama, junto a ella, impermeable a sus caricias y abrasado de vergüenza, llegando a rechazarla casi con malos modos si ella insistía en intentar despertar su pasión. Pero cuando ella había renunciado a intentarlo, cuando por fin le había dado la espalda a su cuerpo indiferente y se había quedado dormida, entonces se daba la vuelta lentamente, ardiendo de deseo, no de vergüenza, y empezaba a aproximarse a la mujer hasta que con una queja de anhelo, más poderosa incluso que el temor que había sentido por ella, la sacaba del sueño con la brutal precipitación de un toro en un apareamiento sin amor.

No era la clase de amor al que las mujeres responden con mucha comprensión. En él no había ternura, ni antes ni después de que el acto se completara, con el frígido bochorno del principio y la saciedad de después, los dos entregados a ello de manera tosca y burda y casi muda. Pensaba de sí mismo que no era bueno con las mujeres, y por esa razón sus relaciones con ellas habían sido infrecuentes y efímeras. Era un tipo de impotencia psíquica de la cual estaba amargamente avergonzado. Sentía que no podía ser explicada, así que nunca trataba de explicarla. Y así vivía solo e insatisfecho salvo por su trabajo. Era amable con todo el mundo, de un modo uniforme, porque le parecía más fácil así, pero olvidaba casi todos sus compromisos sociales o, si por casualidad se acordaba de uno mientras estaba trabajando, suspiraba, no muy profundamente, y seguía trabajando sin siquiera parar para llamar por teléfono y decir: «Discúlpame, estoy trabajando». La relación que tenía con su trabajo era en parte absurda, pues no era un escritor especialmente bueno. De hecho, era casi tan torpe en su escritura como lo había sido en sus relaciones con las mujeres. Escribía del modo en el que siempre había hecho el amor, con un sentimiento de aprensión, haciéndolo lo más rápido posible, ciega y febrilmente, como si temiera ser incapaz de culminar el acto.

Puede que os estéis preguntando por qué se os presentan estos detalles desagradablemente clínicos al principio de la historia. Es para hacer más comprensible la relación con la que el cuento ha de lidiar, una relación singular entre el escritor Kamrowski y una chica mexicana, Amada, que comenzó en la fronteriza ciudad mexicana de Laredo, un verano durante la guerra en que Kamrowski estaba regresando de un viaje por el interior de México.

Debido a su nombre y su apariencia sospechosamente extranjeros y un nervioso hábito del habla que muy fácilmente daba la impresión de un acento, Kamrowski había sido retenido en la frontera por los agentes de aduanas y por los funcionarios de inmigración. Le habían confiscado los papeles para que los examinasen expertos en claves, y Kamrowski se había visto obligado a quedarse en Laredo mientras se alargase el examen. Había tomado una habitación en el hotel Texas Star. La noche que pasó allí fue muy calurosa. Se tumbó sobre la colcha de la cama, que se escurría, y estuvo fumando cigarrillos. Como era una noche tan calurosa, estaba ahí tumbado, desnudo, con las ventanas abiertas y la puerta también abierta, con la esperanza de generar una corriente de aire sobre su cuerpo. La habitación estaba bastante oscura, salvo por su cigarrillo, y en el pasillo del hotel casi no había luz. Más o menos a las tres de la mañana apareció una figura en el umbral. Era tan alta que supuso que sería un hombre. No dijo nada sino que siguió fumando, mientras la figura de la puerta parecía estar contemplándolo. Había oído cosas sobre la conducta de los huéspedes del Texas Star, así que no se sorprendió cuando empujaron la puerta para abrirla más y la figura entró y avanzó hasta el borde de la cama. Hasta que la cabeza se inclinó sobre él y el pesado cabello negro cayó sobre su carne desnuda no se dio cuenta de que la figura era la de una mujer. «No», dijo él, pero la visita no le hizo caso y, después de un rato, Kamrowski se había resignado a ella. Luego le gustó y, al final, le encantó. El encuentro había sido tan exitoso que por la mañana Kamrowski se la quedó. No le hizo preguntas. Ella no le hizo ninguna. Se limitaron a marcharse juntos, y no parecía que les importase adónde iban.

Durante unos pocos meses Kamrowski y la chica mexicana, llamada Amada, viajaron por los estados sureños en una carraca que se mantenía de una pieza de milagro, y la mayor parte de ese tiempo la chica lo pasó sentada a su lado en silencio mientras él estaba absorto en sus pensamientos. No tenía la más remota idea de cuáles eran los pensamientos de ella y no le inquietaban mucho. Sólo la vio volver la cabeza una vez y eso fue cuando estaban recorriendo la calle principal de una pequeña ciudad en Louisiana. Se giró para ver qué era lo que había mirado. Una chica negra vestida de manera muy vistosa estaba en la esquina de una calle entre un grupo de hombres blancos toscamente vestidos. Amada sonrió levemente y asintió con la cabeza.

«Puta»[1], dijo, sólo eso; pero la ligera sonrisa de reconocimiento se mantuvo en su cara durante un buen rato después de que hubieron perdido de vista la esquina. No sonreía a menudo y por eso lo que había ocurrido se le quedó clavado en la cabeza.

La compañía no era algo ni acostumbrado ni sencillo para Kamrowski, ni siquiera la compañía de los hombres. Era la primera chica con la que había vivido de manera continua, y para su satisfacción le pareció posible olvidar su presencia, excepto como un cierto confort casi abstracto como el de la calidez o el sueño. A veces se sentía un poco asombrado, un poco incrédulo por aquella súbita alianza entre los dos, aquella coincidencia accidental de sus dos vidas tan diferentes. A veces se preguntaba por qué se la había llevado con él y no podía explicárselo a sí mismo y aun así no lo lamentaba. No se había dado cuenta, al principio, del curioso aspecto de ella, no hasta que otras personas lo notaron por él. A veces, cuando se detenían en una gasolinera o entraban en un restaurante por la noche, notaba cómo los extraños la miraban con una especie de entretenida sorpresa y entonces la miraba también él y también a él lo entretenía y sorprendía lo extraño de su apariencia. Era alta y de hombros estrechos y la mayor parte de la carne de su cuerpo se concentraba en las caderas, que eran tan grandes como la grupa de un caballo. Sus manos eran tan grandes como las de un hombre pero no hábiles. Sus movimientos eran demasiado nerviosos y con los pies hacía un ruido torpe y caballuno. Estaba continuamente tropezando o enganchándose con algo debido a su tamaño y sus desgarbados movimientos. Una vez se le enganchó la manga de la chaqueta al cerrar la puerta del

---

[1] En español en el original (N. de la T.).

coche, y en lugar de abrirla tranquilamente y desenganchar la manga atrapada, empezó a emitir gritos cortos y gimoteantes y a tirar de la manga hasta que el tejido cedió y una parte de la manga se rasgó. Después de eso, notó que el cuerpo de ella estaba temblando como si acabara de pasar por una terrible experiencia nerviosa y, a lo largo de toda la cena en el café del hotel, estuvo levantando la manga desgarrada y mirándola con el ceño fruncido y una expresión perpleja como si no entendiese cómo había acabado así, y luego lo miraba a él con la cabeza ligeramente ladeada y una mirada interrogativa, como para preguntarle si él entendía lo que le había pasado a la manga rasgada. Después de la cena, cuando habían subido, cogió un par de tijeras y con esmero cortó la manga a lo ancho para devolverle un límite claro. Él señaló la disparidad entre las longitudes de las dos mangas. «Ja, ja», dijo la chica. Levantó la chaqueta para verla a la luz. Vio la diferencia ella misma y empczó a reírse. Al final tiró la chaqueta a la papelera y se tumbó en la cama con una revista de cine. La hojeó velozmente hasta que llegó a la foto de un joven actor en una playa. En esa página se detuvo. Se acercó la revista a los ojos y la miró con su enorme boca colgando abierta durante media hora, mientras Kamrowski yacía a su lado en la cama, en una plácida calidez, consciente de ella sólo a medias, hasta que, antes de dormir, tan pacíficamente como luego dormiría, se dio la vuelta para abrazarla.

Kamrowski había llegado a quererla. Lamentablemente, era aún menos claro al hablar de cosas así de lo que habría sido al tratar de escribir sobre ellas. No era capaz de hacer entender a la chica la ternura que sentía por ella. No era un hombre que pudiera siquiera decir: «Te quiero». Las palabras no le salían de la garganta, ni siquiera en las intimidades de la noche. Sólo podía hablar mediante el cuerpo y las manos. Con su mente infantil, la chica debía de encontrarlo totalmente incomprensible. Ella no podía creer que la quisiese, pero debía de ser igualmente incapaz de descifrar los motivos por los que se quedaba con ella si no lo hiciese. Kamrowski nunca sabría cómo se explicó esas cosas a sí misma, ni si trató de explicárselas, ni si era realmente tan estúpida como parecía, pues no buscaba razones para las cosas sino que se limitaba a aceptarlas como eran. No. Él nunca sabría cómo. La oscura figura en el umbral del hotel, incluso confundida al principio con la de un hombre, nunca pasó a la luz. Se quedó en la sombra. «Morena». Ella le llamaba «Rubio» algunas veces cuando lo tocaba. «Rubio», en español. A veces él contestaba: «Morena», en español. «Morena». Ella era eso y ya está. Algo oscuro. Morena de piel, morena de pelo, morena de ojos. Pero el misterio se puede amar igual que el conocimiento y no cabían muchas dudas sobre si Kamrowski la amaba.

Sin embargo, un cambio se hizo evidente después de que hubieran vivido juntos menos de un año, que puede no parecer mucho tiempo pero que en realidad era una relación de una duración sin precedentes en la vida de Kamrowski. Este cambio parecía tener varias razones, pero quizás ninguna de las aparentes fuera la real. Por una parte, la presencia de las mujeres había dejado de molestarlo tanto. Ese bloqueo nervioso, descrito al principio, se había ahora disuelto tan plenamente en virtud de su asociación con Amada que su libido había empezado a interesarse por un campo de juego extendido. El pensamiento de una mujer ya no lo castraba. Aquella sencilla chica medio india le había devuelto su preponderancia de macho. En el fondo de su corazón lo sabía y estaba agradecido, pero uno no siempre devuelve los regalos mediante una expresión formal de deuda. Se lo agradeció muy mal. Durante aquel invierno, que pasaron en una ciudad sureña, empezó a salir y a relacionarse en sociedad por primera vez en su vida, pues últimamente se había hecho lo que se conoce como un «nombre» y se le prestaba bastante atención. Era posible, ahora, ignorar el adorno en el cuello de la mujer y devolverle la mirada, al menos de vez en cuando, sin demasiada mortificación. También era posible hacer avances amatorios antes de que la mujer se hubiese dormido.

Aquel invierno Kamrowski empezó a establecer lazos de mayor duración que los de una noche, uno en particular con una mujer joven que también era escritora y que formaba parte de la *intelligentsia* de la ciudad. Tenía, también, un defecto. Llevaba unas lentillas que se solía quitar antes de meterse en la cama y Kamrowski le tenía que pedir que no las dejase sobre la mesilla, sino en el cajón de ésta. Pero ése era un detalle sin importancia en la aventura, que fue avanzando suavemente. Empezó a hacerle el amor a esta chica, Ida, con más regularidad que a Amada. Ahora cuando Amada se volvía hacia él en la cama, a menudo se apartaba y se hacía el dormido. Oía cómo empezaba a llorar a su lado. La mano de ella se movía inquisitivamente sobre su cuerpo, y una vez él le agarró la mano y se la apartó violentamente. Entonces ella salió de la cama. Él se levantó, también, y fue a la cocina y se sentó allí con un jarro de agua helada. La oyó empaquetar sus cosas como había hecho antes otras veces. Tenía un baúl del ejército. El fondo estaba lleno de recuerdos arbitrarios como cartas de restaurantes, fotos de actores arrancadas de revistas de cine, postales de todos los lugares que habían visitado en sus viajes. A veces, mientras estaba haciendo la maleta, acechaba la cocina, con algún objeto en la mano, como una toalla que había birlado del cuarto de baño de un hotel. «¿Esto es tuyo o mío?», preguntaba. Él se encogía de hombros. Ella le ponía una cara espantosa y volvía al dormitorio para seguir con la maleta. Sabía que ella desharía la maleta por la mañana. Por la mañana devolvería las cartas y las postales de recuerdo a sus sitios en el espejo y la repisa, porque sin él no tenía adonde ir y nadie con quien ir. No quería sentir lástima por ella. Se lo estaba pasando demasiado bien como para permitir que una sombra de arrepentimiento pesara demasiado sobre él, así que pensaba para sí mismo, para perdonarse a sí mismo, durante aquellas escenas: «No era más que una puta en el hotel de tercera donde la encontré. ¿Por qué no es feliz? Bueno, ¡me importa un rábano!».

Aun así se sintió muy contento cuando acabó de beberse el jarro de agua helada y vio que ya no estaba haciendo la maleta, sino que se había vuelto a la cama. Entonces le hacía el amor con más ternura de la que había tenido durante muchas semanas precedentes.

Una mañana, después de un incidente de esa clase, Kamrowski descubrió por primera vez que la chica había empezado a robarle. De ahí en adelante, cada vez que se ponía la ropa por la mañana, encontraba los bolsillos más ligeros de dinero de lo que habían estado antes. Al principio ella sólo cogía monedas, pero a medida que las ganancias de su novela fueron aumentando, empezó a incrementar el monto de sus robos, cogiendo billetes de un dólar, luego de cinco y después billetes de diez dólares. Finalmente, Kamrowski tuvo que acusarla. Ella lloró con abatimiento, pero no lo negó. Durante más o menos una semana suspendió la práctica. Luego empezó de nuevo, primero con las monedas, volviendo a incrementarla con los billetes de mayor valor. Él trató de impedírselo vaciando los bolsillos de dinero y escondiéndolo en otro sitio del apartamento. Pero cuando lo hacía, ella lo despertaba por las noches con su lenta y sistemática búsqueda. «¿Qué es lo que estás buscando?», le preguntaba a la chica. «Estoy buscando cerillas», le contestaba. Así que al final le seguía la corriente. Sólo canjeaba los cheques pequeños y le dejaba robar lo que quería. Para él, era un misterio lo que hacía con el dinero. Aparentemente no compraba nada con él y sin embargo no parecía quedar en su posesión. ¿Qué quería con ello? Tenía todo lo que necesitaba o parecía desear. Quizás era sólo su manera de devolverle las infidelidades que ahora practicaba todo el tiempo.

Más adelante en ese invierno de su residencia en la gran ciudad sureña, la frágil salud de Amada se hizo notar. No hablaba de su sufrimiento, pero a veces se levantaba por la noche y encendía una vela votiva en una copa de cristal rojo transparente. Se ponía en cuclillas frente a ella murmurando oraciones en español, con una mano presionando el costado donde se localizaba el dolor. Se ponía furiosa cuando él se levantaba o le preguntaba qué hacía. Se comportaba como si un secreto vergonzoso le estuviese haciendo sufrir. «Ocúpate de tus asuntos», le contestaba gruñendo si él preguntaba: «¿Qué pasa?». Horas más tarde lo volvía a despertar, arrastrándose de vuelta a la cama con un suspiro exhausto que le decía que el ataque del dolor había remitido. Entonces, movido por la piedad, él se volvía lentamente hacia ella y la apretaba contra sí con tanta delicadeza como le era posible, para que la presión no despertase el dolor otra vez. No iba al médico. Decía que había ido a un médico hacía mucho tiempo y que él le había dicho que tenía una enfermedad de los riñones igual que su padre la había tenido, y que no había nada que hacer al respecto salvo tratar de olvidarlo. «No importa», decía ella, «voy a olvidarlo».

Hacía elaborados esfuerzos por ocultarle los ataques a medida que se iban haciendo más frecuentes y severos, pensando quizás que su enfermedad lo molestaría y que acabaría por abandonarla del todo. Se escabullía de la cama con tanto cuidado que le llevaba cinco o diez minutos deshacerse de las sábanas y reptar hasta la silla del rincón y, si encendía la vela de oración, se encorvaba hacia ella con las manos en copa para esconder la llama. Era evidente para Kamrowski que la infección de su cuerpo, fuera la que fuera, estaba pasando de ser crónica a ser un estado agudo. Se habría preocupado más de no estar empezando a trabajar en otra novela. Amada empezó a existir para él del otro lado de un centro que era su escritura. Todo lo que estaba fuera de aquello existía en una penumbra, como las imprecisas formas en el lado más lejano de una llama. Los días y los acontecimientos eran vagos. Ignoraba la llamada del timbre o el teléfono. Las comidas se volvieron irregulares. Dormía con la ropa puesta, a veces en la silla misma donde trabajaba. Le creció el pelo como a un ermitaño. Se dejó barba y bigote. Un brillo lunático le apareció en los ojos mientras que su cara, habitualmente suave, adquiría huecos y elevaciones y las manos le temblaban. Tenía accesos de tos y taquicardias, que a veces le hacían pensar que se estaba muriendo, y aceleraba mucho su ya furioso ritmo de composición. Más tarde no podía recordar con claridad cómo habían sido las cosas entre él y Amada durante aquel tiempo febril. Dejó de hacerle el amor, eso lo dejó por completo, y sólo débilmente se daba cuenta de su presencia en el apartamento. Le daba órdenes como si fuera una sirvienta y ella las obedecía con celeridad y sin una palabra, con un aire asustado. «¡Tráeme café!», le gritaba de repente. «Vuelve a poner ese disco», decía, con una sacudida del pulgar hacia el Victrola. Pero no reparaba en ella más que como criatura que cumplía sus órdenes.

Durante ese intervalo ella había dejado de robarle dinero. La mayor parte del día lo pasaba sentada en el extremo opuesto del gran cuarto de estar en el que él trabajaba. Mientras permanecía en esa esquina de la habitación, su presencia no lo distraía de su trabajo, pero si entraba sin que se lo pidiera en la mitad de la habitación que le pertenecía a él, o si le preguntaba algo, él le gritaba furiosamente e incluso le arrojaba un libro. Se volvió muy silenciosa. Cuando iba a la cocina o al cuarto de baño, movía sólo un pie cada vez, despacio y con sigilo, vigilándolo para asegurarse de que él no ponía objeción. También su rostro había cambiado, del mismo modo que el de él había cambiado. La larga cara equina se había vuelto incluso más huesuda que antes y terriblemente cetrina, y los ojos ahora brillaban como si hubiesen mirado en una habitación muy iluminada. Se desplazaba con una rara majestuosidad que debía de proceder del sufrimiento que le causaba moverse. Una mano estaba ahora siempre presionada contra el costado que le dolía y se movía con exagerada rectitud, sin hacer caso de la tentación de aliviar su incomodidad agachándose. Esos detalles de su apariencia no podía notarlos él en esa época, al menos no conscientemente y, aun así, sí aparecieron luego como un vívido recuerdo. Fue sólo más tarde, también, cuando se molestó en preguntarse cómo habría interpretado ella ese desastroso cambio en su manera de convivir. Debió de pensar que todo sentimiento de cariño hacia ella se había ido, y que si ahora soportaba su compañía era sólo por piedad. Dejó de robarle dinero por la noche. Durante un mes se sentó en la esquina y lo observó, lo observó con el mudo y anhelante aspecto de un animal herido. De vez en cuando se atrevía a cruzar la habitación. Cuando él parecía estar descansando de su trabajo, ella se acercaba a su lado y le pasaba los dedos inquisitivamente cuerpo abajo para ver si la deseaba y al averiguar que no lo hacía, se retiraba otra vez sin decir una palabra a su lado de la habitación. Entonces, de buenas a primeras, ella lo dejó. Él había pasado la noche fuera con su nueva amante rubia y, al volver, encontró que Amada había empaquetado sus cosas y se las había llevado del apartamento, esta vez resueltamente y en serio. No hizo esfuerzos por encontrarla. Creyó que necesariamente volvería por su propio pie, pues no la imaginaba capaz de hacer otra cosa. Pero ella no volvió. En los días siguientes no le llegó ni una noticia suya. No estaba muy seguro de cómo le hacía sentir eso. Durante un tiempo pensó que aquella simplificación de su vida y la ausencia de aquel vago olor de enfermedad, que en los últimos tiempos había gravitado tristemente sobre la cama en la que dormían, podrían suponer una especie de liberación. Siempre quedaba el libro, con el que estaba más relajado ahora que el primer borrador estaba acabado, pero que conservaba el poder de hacerlo tan insensible como a un paranoico frente a la vida cotidiana. Durante los intervalos en que el trabajo decrecía, cuando se presentaba el desánimo o un momento de reflexión, Kamrowski se echaba a la calle y seguía a mujeres desconocidas. Empachaba su apetito con una sucesión de mujeres y continuamente ampliaba la extensión de su experiencia, hasta que, de golpe, se sintió lleno de asco hacia sí mismo y hacia el trapecio circense del deseo en el cual se había columpiado absurdamente desde el vuelo de la chica con la que había vivido. Ya no quería saber nada más de eso, ni ahora ni nunca.

Y así, una noche, unos cinco meses después de su separación, la imagen de Amada acechó con un sonido de trompetas a través de las paredes de medianoche de su apartamento. Se presentó como una aparición en llamas a los pies de su cama, toda iluminada desde el interior como una imagen de rayos X. Él vio delante de sí los largos huesos blancos de ella, se incorporó de golpe entre las sábanas mojadas de sudor y dio un fuerte grito; entonces cayó de cara y lloró sin control hasta que llegó la mañana. Cuando la luz del día se estaba acercando, incluso antes de que las ventanas se hubieran vuelto del todo blancas, se levantó a hacer la maleta y preparar el viaje a Laredo, para encontrar a la chica perdida y traerla de vuelta al hueco vacío de su corazón. Sin pensarlo, supuso que ella debía de estar en Laredo, pues era allí donde la había encontrado.

En eso no se equivocó. Había vuelto a Laredo cinco meses antes, pero no al Texas Star, donde la había encontrado. El encargado del hotel simuló no saber nada de la chica, pero el portero mexicano le dijo que la encontraría en la casa de su familia, a las afueras de la ciudad, en una casa sin número, en una calle sin nombre, al pie de una empinada colina en la que había una fábrica de hielo.

Cuando Kamrowski llegó a la puerta de la casa de madera gris a la que le llevaron aquellas indicaciones —un edificio que no era más que una chabola que se apoyaba deshecha en el borde de un empinado e irregular camino de polvo gris—, todas las mujeres de la familia se acercaron a la puerta y hablaron excitadamente entre ellas, mirándolo arriba y abajo con aquellos ojos, medio sonriéndole y medio gruñéndole como una jauría de perros salvajes. Parecían estar discutiendo casi histéricamente entre ellas sobre si aquel extraño debía o no ser admitido. Estaba tan loco de ganas de ver a la chica perdida que no pudo hacer uso del poco español que sabía. Todo lo que pudo decir fue: «Amada», cada vez más alto. Y entonces, de repente, desde algún rincón del edificio, una voz ronca y enérgica se elevó como el canto de un gallo. Tenía un timbre de rabia pero la palabra pronunciada era el nombre cariñoso con el que ella solía llamarle: «Rubio», en español. Él se abrió camino apartando a las mujeres con los brazos, y tomó la dirección desde la que había venido la violenta llamada. Con limpieza, se lanzó contra la puerta combada e irrumpió en una habitación que estaba totalmente a oscuras, salvo por la luz de una vela en un vaso de cristal rojo. Miró hacia donde estaba la luz en el vaso de cristal. Allí la vio. Estaba tumbada en un catre acondicionado sobre el suelo desnudo.

Le fue imposible juzgar su aspecto en la habitación sin ventanas, una especie de armario de almacenamiento, con esa única vela ardiendo, especialmente cuando llegaba del resplandor de una puesta de sol en el desierto. Poco a poco fue distinguiendo que llevaba una camiseta de hombre, y se dio cuenta de lo grandes que eran sus manos y sus codos ahora que los brazos estaban tan consumidos, y su cabeza parecía casi tan grande como la de un caballo y el familiar y áspero cabello le colgaba como la crin de un caballo por el cuello y los hombros escuálidos. Sus primeras emociones fueron la furia y la piedad. «¿Qué significa esto, qué estás haciendo aquí?», gritó violentamente él. «Ocúpate de tus asuntos», le gritó ella, exactamente igual que si no se hubieran separado nunca. Entonces él reprimió la ira que sentía hacia la familia, que todavía seguía con su acalorada discusión al otro lado de la puerta que él había cerrado de un golpe. Se acuclilló junto al camastro y le cogió la mano. Ella trató de retirarla pero no con la fuerza suficiente para deshacerse por completo de él. Debía de estar intentando parecer más viva de lo que estaba. No se permitía yacer del todo en el camastro, si bien él se daba cuenta del esfuerzo que le costaba permanecer apoyada en el codo. Y tampoco permitía que su voz desfalleciera sino que la mantenía en el mismo tono alto y severo. Ella no apartó los ojos de la cara de él, al que parecía estar poniendo a prueba o examinando, pero no le devolvía la mirada directamente. Parecía estar mirándole la nariz o la boca. Había una enorme perplejidad en su mirada, un asombro de que él estuviera allí, de que hubiera ido a verla. Le preguntó varias veces: «¿Qué estás haciendo aquí en Laredo?» Y la respuesta de él, «He venido a verte», no pareció convencerla. Por fin él se inclinó y le tocó el hombro, y dijo: «Deberías tumbarte». Ella lo miró con furia. «Estoy bien», dijo. Sus oscuros ojos eran ahora inmensos. Toda la luz que venía del cristal rubí estaba absorbida en aquellos ojos y magnificada en un rayo que se disparaba contra el corazón de él, y privaba a aquel órgano parecido a la luna de todas sus sombras, y en la exposición de la esterilidad de aquel corazón había un brutal alivio, y era igual que el paisaje de la luna, que, con el sol volcado sobre él, se vuelve un disco duro y llano cuya luz es prestada. No podía soportarlo. Se alejó de un brinco del camastro. Buscó en el bolsillo y sacó un puñado de billetes. «Cógelos», susurró roncamente. Trató de ponérselos en las manos. «No quiero tu dinero», contestó ella. Entonces después de una breve pausa ella murmuró: «Dáselo a ellas». Sacudió la cabeza hacia la puerta al otro lado de la cual la familia estaba preparándose ruidosamente para la cena. Se sintió totalmente derrotado. Suspiró y bajó la mirada a sus manos. Ella levantó las suyas, entonces, y las tendió vacilante hacia la cabeza de él. «Rubio», susurró, en español. Una de sus manos, cansada, le recorrió el cuerpo para ver si la deseaba, y al descubrir que no lo hacía le sonrió tristemente y dejó que se le cerraran los ojos. Pareció estar quedándose dormida; entonces él se inclinó y la besó con ternura en un extremo de su gran boca. «Morena», susurró, en español. De inmediato los largos y huesudos brazos de ella se lanzaron alrededor de él en un abrazo que le dejó sin aliento. Apretó una cara contra la otra, con sus pómulos indios clavándose en la carne más suave de él. Las ardientes lágrimas y la presión de aquellos brazos descarnados separaron por fin la incrustada concha de su ego, que nunca antes había sido atravesada, y fue liberado. Salió de la pequeña pero, en apariencia, bastante ligera y confortable habitación de su propio ser conocido hacia un espacio que carecía de la comodidad de los límites. Entró en un espacio de oscuridad e inmensidad desconcertantes y, sin embargo, no oscuro, del cual la luz es en realidad el lado más oscuro de la esfera. No se sentía en casa allí dentro. Le produjo un miedo insoportable, así que reptó hacia atrás.

Reptó hacia atrás desde el demacrado abrazo de la chica. «Volveré por la mañana», le dijo a la chica mientras se levantaba del lado del camastro y reptaba hacia atrás, hacia la pequeña habitación en la que estaba seguro…

Cuando volvió a la mañana siguiente, la atmósfera con que le recibieron era diferente. En el lugar había un aire de excitación que no podía descifrar y todas las mujeres parecían haberse puesto sus mejores ropas. Pensó quizás que era por el dinero que había dejado en la habitación de la enferma. Empezó a cruzar la casa hacia esa habitación, pero la mujer vieja le tiró de la manga y le señaló otra. Lo condujo al salón de la casa y se sorprendió al ver que habían trasladado allí a la chica. Como no entendía lo que decían, no pudo darse cuenta al principio de que había muerto durante la noche; de eso no se dio cuenta hasta que le cogió la mano, casi tan oscura como la de un negro, y la encontró fría y rígida. La habían vestido de blanco, con un camisón de limpio hilo blanco que el almidón hacía brillar y, cuando soltó la mano, la anciana avanzó y la colocó con cuidado en su antigua posición sobre el liso pecho.

Notó también que el olor a enfermedad había desaparecido, o posiblemente se había disuelto en el olor de la cera ardiente, pues una gran cantidad de velas se había traído a la habitación y puesto en vasos de cristal rubí en los alféizares de las ventanas. Las persianas se habían bajado para protegerse del resplandor del mediodía en el yermo campo desértico, pero la luz se colaba a través de las perforaciones como agujas en una tela pasada, así que cada persiana era como un cuadrado de cielo verde en el que brillaban estrellas. Los afligidos parecían ser en su mayor parte niños vecinos, los más pequeños desnudos, los mayores vestidos con harapos grises. Una niña pequeña tenía una muñeca hecha a mano, toscamente tallada en madera y pintada, remedando grotescamente la apariencia de la niñez humana. Le habían pegado un áspero pelo negro en la cabeza. De manera extraña, parecía una efigie de la chica muerta. Incapaz de mirar la cara real y su ahora intolerable misterio, Kamrowski se las arregló para colocarse al lado de la niña medio desnuda, y suave y tímidamente alargó la mano hacia la muñeca. Tocó el áspero cabello negro de la muñeca con un dedo. La niña se quejó sin mucha fe y abrazó con más fuerza a la muñeca. Kamrowski empezó a temblar. Sintió que su mano debía permanecer en contacto con la muñeca. No debía permitir que la niña se alejase con su preciosa posesión, de modo que con una mano acarició la cabeza de la niña mientras que con la otra siguió en contacto con el familiar pelo negro. Pero aun así la niña se fue alejando poco a poco, sustrayéndose a sus caricias y mirándolo con unos ojos marrones enormes y desconfiados.

Mientras tanto, las mujeres parecían estar consultándose entre susurros. La excitación fue subiendo el tono hasta que la abuela, con brusca decisión, se separó del grupo y se acercó a Kamrowski y le gritó en inglés: «¿Dónde está el dinero de Amada, dónde está su dinero?». Él contempló a la mujer estúpidamente. «¿Qué dinero?». Ella escupió ruidosamente mientras le alargaba un puñado de papeles amarillos. Él los miró. Parecían ser formularios de telegramas. Sí, eran todo giros postales, enviados desde la ciudad en la que él había vivido con Amada. Las sumas eran las mismas que le había estado robando de los bolsillos por las noches.

Kamrowski buscó con ansiedad un camino para escapar. Las mujeres se iban cerrando en torno a él como una manada de lobos, ahora todas farfullando a la vez. Se dirigió hacia la puerta de la calle. Al lado de la puerta se le apareció la niñita de la muñeca. Impulsivamente alargó la mano y le arrebató la muñeca a la niña al pasar corriendo a su lado, antes de salir al polvoriento resplandor del camino. Corrió tan rápido como pudo por la empinada y sucia carretera mientras la niña sollozante corría tras él, y sólo sentía la necesidad de agarrarse al grotesco juguete de la niña hasta que estuviera solo en algún sitio y pudiera echarse a llorar.

(Publicado en 1948)

El colchón entre las tomateras

Mi casera, Olga Kedrova, me ha dado un cuenco de tomates maduros de la huerta junto a la que vive, donde toma el sol en las largas tardes de California, blancas y azules. Los tomates son grandes como mi puño, de un color rojo sangre, y firmes al tacto como los músculos pectorales de un joven nadador. Le dije: «Vaya, Olga, Dios mío, me llevará un mes comerme tantos tomates»; pero ella dijo: «No seas tonto, te los comerás como si fueran uvas», y así fue casi como me los comí. Son ahora las cinco de la tarde de este día resucitado del verano de 1943, un día que estoy registrando en tiempo presente aunque pasó hace diez años. Ahora sólo quedan un par de los grandes tomates maduros en el cuenco de porcelana azul pálido, pero su dulzor y su orgullo están intactos, pues su corazón no está en el cuenco, que es su tumba, sino en la huerta en la que descansa Olga, y la huerta parece ser inagotable. Ahí sigue, al sol, abonada y en la consanguínea presencia de Olga Kedrova.

Pasa la tarde descansando junto a las tomateras en un colchón costroso retirado del servicio de una de las habitaciones de su hotel.

El día que resucito es un sábado y durante toda la tarde parejas de enamorados han recorrido las calles de Santa Mónica, en busca de una habitación en la que hacer el amor. Cada chico de uniforme sujeta una pequeña bolsa con cremallera y el brazo rosado-o-dorado-por-el-sol de una chica guapa, y parecen estar desplazándose en piscinas de agua translúcida. La chica aguarda al pie de las escaleras que el chico sube a saltos, al principio con impaciencia, luego con ansiedad, finalmente con desesperación, ya que Santa Mónica está literalmente infestada de parejas legítimas o ilegítimas en este verano de 1943. Las parejas son innumerables y su búsqueda inagotable. Para la puesta del sol, y mucho más tarde, tan tarde como las dos o las tres de la mañana, el chico subirá las escaleras a saltos y la chica esperará abajo, a veces simulando con remilgo no oír la palabrota que él murmura después de cada chasco, a veces diciéndola ella en lugar de él cuando reanuda su tenaz agarre del brazo. Incluso a veces, cuando llega el alba, seguirán buscando y rezando y maldiciendo mientras el cuerpo les duele más de deseo contenido que de fatiga.

Terribles separaciones se producen al alba. La sumisa chica acaba por perder la fe o la paciencia, se libera violentamente de la mano que le magulla el brazo y se lanza entre sollozos a un café que abre toda la noche para telefonear a un taxi. El chico se queda fuera merodeando, mirando con violencia a través de la bruma y la ventana, su puño ahora vacío que se abre y se cierra sobre sí mismo. Ella se sienta entre dos desconocidos, se inclina sobre el café, sollozando, sorbiéndose las narices, y puede que al cabo de un minuto vuelva fuera para perdonarle y descanse en sus brazos sin esperanza de nada íntimo, o tal vez sea implacable y espere a que el taxi la aleje de él para siempre, haciendo como que no le ve al otro lado de la ventana empañada hasta que él se aleje, ahora borracho, en busca de más alcohol, volviéndose de vez en cuando para mirar el cristal de amarillo subido que la protegió de su furia. Farfulla una y otra vez esa palabra de cuatro letras que se refiere a una parte de su cuerpo de mujer y murmura «hija de puta» mientras da traspiés a lo largo de los circuitos automovilísticos hasta Palisades Park, bajo palmas reales tan altas como edificios de cinco plantas y en medio del estruendo de las blancas olas y hacia la niebla. Largos lápices de luz todavía zigzaguean aquí y allá en el cielo en busca de aviones enemigos que nunca vienen, y nada más parece moverse. Pero nunca se sabe. Incluso a esta hora blanca podría toparse con algo que sea mejor que nada, antes de que el coche celular lo recoja o antes de caer en uno de esos catres sólo para militares en un lugar como Elk's Lodge.

Olga está al tanto de todo eso, pero ¿qué puede hacer al respecto? ¿Abrir más habitaciones sin ayuda de nadie? Al mirar a Olga, casi creerías que sería capaz. Es la clase de mujer cuyo peso no debería medirse en kilos sino en *stones*, pues tiene el aspecto de una sólida escultura primitiva. Sus orígenes están en la Europa medio-oriental. Está suscrita al *Daily Worker*, del que a veces me pasa números por debajo de la puerta con párrafos encuadrados en lápiz rojo, y con toda esperanza me sigue pasando obras de Engels y Veblen y Marx, que yo conservo durante un tiempo respetuoso y que luego le devuelvo con el tipo de comentario vago que no le engaña lo más mínimo. Ahora me ha calificado de prostituta impenitente y sin esperanza de la clase capitalista, pero me llama «Tennie» o «Villyums» con un no disminuido buen

humor y no hay nada en absoluto que no me cuente de
sí misma y nada de mí que no espere que yo le cuente…
Cuando llegué a instalarme aquí, a finales de la primavera, y salió en nuestra conversación que yo era escritor
para la Metro, ella dijo: «¡Ja, ja, si os conoceré yo, gentes
de los estudios!». Dice cosas como ésa con un aire de ge-
nial complicidad que una persistente reserva en mi naturaleza me inclinó en primera instancia a simular que
no entendía. Pero a medida que iba avanzando el verano, mi reserva se rindió y en el presente no creo que haya secretos entre nosotros. A veces, mientras estamos
hablando, ella se mete en mi cuarto de baño y continúa
la conversación con la puerta abierta de par en par y su
figura sentada perfectamente visible, mirándome con los
ojos despejados y cándidos de un niño que todavía no ha
aprendido que algunas cosas se supone que son íntimas.

Ésta es una casa llena de camas y tengo la fuerte sospecha de que la gran Olga ha yacido en todas. Esas enormes camas pasadas de moda, de latón o de hierro blanco, son como el teclado de un gran piano de concierto
que ella recorre en una especie de arpegio continuo de
intrigas ligeras, y no puedo culparla mucho cuando veo
a su marido. Ernie está enfermo pero soy incapaz de sentir lástima por él. Es un hombre delgado y amargo cuya enfermedad intestinal crónica fue diagnosticada como
un cáncer ocho años atrás, pero cuyo estado hoy no es ni
mucho peor ni mejor que cuando le hicieron el diagnós-
tico, un hecho que reafirma el desprecio de la casera por
todas las opiniones que no proceden de «El Partido».

Ernie hace el trabajo femenino en el apartotel, mientras Olga absorbe el sol en los altos escalones de la entrada o en el colchón entre las tomateras del huerto de atrás.
Desde esos escalones su mirada alegre pero indiferente puede abarcar la fantasía completa de Santa Mónica

Beach: al Norte hasta la mansión tipo «Lo que el viento se llevó» de la estrella retirada Molly Delancey y al Sur hasta el igualmente idiota, pero en cierto sentido más alegre diseño de las montañas rusas de Venice, California.

En parte me parece, pues quiero pensar que es así, que éste es el hotel de veraneo, mágicamente transplantado desde la costa de Crimea, en el que el melancólico escritor de Chéjov, Trigorin, trabó conocimiento por vez primera con Madame Arcadina, y donde pasaron su primer fin de semana juntos, triste y sabiamente rodeados por el calmado rumor del mar, un par de amantes de mediana edad que apagan las luces antes de desvestirse juntos, que se leen obras de teatro en voz alta apoyados sobre pilas de frescas almohadas y, de vez en cuando, encuentran que la presión de una mano antes de dormirse es lo que de verdad necesitan para estar seguros de que están descansando juntos.

Los Palisades es una gran estructura de madera con galerías y gabletes y con mucho espacio a su alrededor. Da directamente a un campo de juegos municipal que se conoce como «Playa Músculo». Aquí es donde los acróbatas y los volatineros hacen ejercicio por las tardes, poderosos Narcisos que levantan a sus ligeras chicas y, a sus todavía más delicadas parejas masculinas, con una especie de tierna inconsciencia bajo el estruendo y la actividad de nuestros cielos en tiempos de guerra.

Mientras estoy trabajando en casa, durante mi expulsión de seis semanas sin paga del estudio (un castigo por intransigencia que presagia una corta temporada como empleado y me fuerza a hacer avanzar mi obra ansiosamente), es un consuelo de vez en cuando percibir a la gran Olga soñando en los escalones de la entrada o desparramada en ese viejo colchón en la parte trasera del edificio…

Me gusta imaginar cómo llegó allí el colchón...
Así es como lo veo.

Una de aquellas mañanas luminosas como diamantes de principios del verano, la gran Olga se cierne sobre un dormitorio del piso superior que un soldado y su novia han ocupado durante el fin de semana que acaba de terminar. Con gruñidos despreocupados, mira las manchas de cigarrillo y husmea en los vasos de la mesilla. Con sólo una muestra o dos de algo demasiado leve para ser calificado de repugnancia, recoge los anticonceptivos usados arrojados debajo de la cama, los cuenta y murmura: «Dios mío», mientras los tira por el inodoro y vuelve a salir del baño sin haberse molestado en lavarse las manos en el lavabo. Claramente, el chico y la chica se han divertido mucho, y Olga no es de esas a las que les molesta el placer de otros y se toma con filosofía los pequeños daños que sufren las camas y las mesas en una tormenta amatoria. Cualquier día, uno de ellos se quedará dormido o se desmayará en la cama con un cigarrillo encendido y su hotel de veraneo arderá. Sabe que eso pasará algún día pero hasta que ocurra, «Oh, bueno, por qué preocuparse».

Vuelve a la cama y arranca las sábanas arrugadas para destapar el colchón.

—¡Dios mío! —chilla—. ¡Cómo está el colchón!

—¿Mal? —dice Ernie.

—Completamente echado a perder —le dice ella.

—Cerdos —dice Ernie.

Pero Olga no está infeliz.

«Cerdos, cerdos, cerdos», dice Ernie con una repugnancia casi chillona, pero Olga dice: «¡Oh, cállate! Se supone que una cama es para hacer el amor, así que no sueltes tu porquería en ella».

Eso le cierra el pico a Ernie, pero en su fuero interno está que hierve y se queda sin resuello.

—Ernie —dice Olga—, coge ese extremo del colchón. Ella agarra el otro.

—¿Adónde va? —pregunta Ernie.

El hombrecito se dirige de espaldas a la puerta pero Olga tiene un plan diferente. Da un tirón enfático hacia la entrada de la galería. «Por aquí», dice ásperamente, y Ernie, que pocas veces se atreve ya a hacerle una pregunta, la acompaña con su lado del colchón que arrastra la alfombra. Ella abre de una patada la puerta verde y con una alegre exclamación baja los escalones hasta la mañana que pende sobre el océano y la playa. La blanca torre del reloj del centro de Santa Mónica sale de la niebla, y todo brilla. Olfatea como un perro la mañana, la sonríe abiertamente pues está de acuerdo con ella, y grita: «¡Por aquí!».

El colchón es arrastrado hasta el lado interior de la galería, y Ernie sigue sin tener claro qué es lo que está haciendo Olga.

—Ahora suéltalo —dice Olga.

Ernie libera su lado y se retrae tambaleándose hasta la blanca pared de lamas. Está roto y sin aliento, ve molinetes en el cielo. Pero Olga se está riendo entre dientes. Mientras él estaba cegado con los molinetes, Olga se las ha arreglado para unir ambos lados del colchón entre sus brazos y lo ha enrollado hasta obtener un gran cilindro. «Hummm», se dice a sí misma. Le gusta el tacto del colchón, exulta por el peso que siente sobre ella. Se queda allí abrazando la enorme cosa inerte entre los brazos y sintiéndola contra los muslos. Se apoya en ella, un enorme amante exhausto, un amante al que ella ha apretado la espalda y sobre el que se ha montado a horcajadas, al que ha apaleado y al que ha sobrevivido sin problemas. Se queda apoyada mientras el peso exhausto del colchón reposa sobre ella, y se ríe entre dientes y respira profundamente ahora que ya no siente refutado su poder. Quince, veinte, veinticinco años quedan aún de vida dentro de ella, no lo suficientemente empobrecidos como para volverla tranquila y calmada. El tiempo no le supone un problema. Al abrazar el colchón piensa en un luchador llamado Tiger que va y viene a lo largo de todo el verano, recuerda a un marinero llamado Ed que se ha tomado algunas libertades con ella, piensa en un sargento de la Marina, crecido en un orfanato de Kansas, que la llama «Mamá»; siente todo el peso de ellos descansado con ligereza sobre ella como el peso de un pájaro con varias alas presurosas, que se queda el tiempo justo para satisfacerla, ni un minuto más. Así que agarra el gran colchón y adora el peso que siente sobre sí. «Ah», se dice a sí misma, «ah, mmm…».

Ve palmas reales y la blanca torre del reloj del centro de Santa Mónica, y posiblemente se dice a sí misma: «Bien, supongo que tomaré una barbacoa caliente y una cerveza fría para comer, en el Wop's, en «Playa Músculo», y veré si Tiger está allí, y si no está cogeré el autobús de las cinco y media para L. A. y veré una buena película, y después caminaré hasta Olivera Street, y me tomaré unos tamales con chile y dos o tres botellas de Carta Blanca y volveré a la playa en el bus de las nueve en punto». Eso será después de la caída del sol, y a tres millas al este de la playa apagan las luces del autobús (debido al apagón en tiempo de guerra), y Olga habrá elegido una buena compañía de asiento cerca del fondo del autobús, un marinero que ha hecho autostop un par de veces y conoce el percal, así que, cuando las luces se apaguen, separará las rodillas y las de él la imitarán y el viaje en el anochecer zumbará con las delicadas alas de Eros. Ella le dará un ligero codazo cuando el autobús decelere hacia la esquina de Wilshire con Ocean. Se bajarán allí y deambularán de la mano hasta las retumbantes sombras de Palisades Park, que Olga conoce como un libro favorito del que uno nunca se cansa. A lo largo de ese altísimo acantilado, bajo las palmas reales y sobre el Pacífico, hay pequeñas casas de verano y pérgolas con bancos en los que los encuentros repentinos se abren en flores pródigas.

Todas esas cosas, esas perspectivas, demasiado vívidas como para requerir de ningún pensamiento, palpitan en sus nervios mientras siente el peso del colchón entre sus pechos y sus caderas, y ahora está preparada para mostrar el alcance de su poder. Refuerza el agarre de sus brazos en la mole suave y dura y levanta el colchón a la altura de sus hombros.

—¡Cuidado, por Dios —dice Ernie—, te vas a desgraciar!

—¡Ja, ja, mira! —ordena ella.

Sus negros ojos resplandecen cuando los músculos se tensan para la acción.

—Preparados, listos, ya.

—Dios Todopoderoso —dice Ernie sin mucho resuello ni convicción, cuando el colchón navega, sí, casi literalmente navega sobre la barandilla de la galería y hacia el resplandeciente aire matutino. La delicada fibra de algodón mana en abundancia de al menos un millar de desgarrones en la funda en el momento en que el agotado colchón cae pesadamente en el suelo.

—Mmm —dice Olga.

El acto ha sido completado con creces. Agarra la barandilla de la galería con esas manos que nunca han sujetado nada que no pudieran aplastar si elegían hacerlo. Los grandes aros de latón que lleva colgados de las orejas tintinean con un aplauso tonto pero entusiasta y Ernie está pensando otra vez, como ha pensado tan a menudo desde que la muerte le plantó tan desconsideradamente una lenta semilla en el cerebro: «¡Cómo es posible que alguna vez yo me haya acostado con esta mujer, incluso aunque haya sido hace tanto tiempo!».

Con el instinto de un animal hacia lo que viene detrás de él, Olga sabe lo que su inválido marido siente cuando ella exhibe su poder, y cuando le da la espalda no es ni amable ni hostil. Y si esta noche tiene retortijones que lo doblen en dos, ella le ayudará a ir al cuarto de baño y se sentará bostezando en el borde de la bañera con un cigarrillo y una revista para admiradores de Hollywood, mientras él suda y gime en el retrete. Ella emitirá joviales «ufs» y agitará su cigarrillo ante la fetidez de la angustia de él, a veces extendiendo el brazo para cubrirle la frente. Y si él sangra y se desploma, como a veces ocurre, ella lo recogerá y lo llevará de vuelta a la cama y se quedará dormida con los calientes dedos de él moviéndose nerviosamente entre los suyos, haciendo todo eso como si Dios se lo hubiera pedido. Por dos razones: él es una pequeña bestia mezquina y enferma que una vez salió con ella y habría sido abandonado y olvidado de no ser por la ahora inverosímil circunstancia de que ella concibió dos vástagos suyos: una hija empleada como «secretaria ejecutiva para un pez gordo de la Warner» (tiene que quedarse en su casa porque él es un alcohólico y necesita de su atención constante); y el otro: «Dios mío, míralo». Una instantánea ampliada de Kodachrome de un resplandeciente joven dorado y húmedo en una playa no identificada en los límites de una jungla. Olga levanta la foto y le da cinco besos tan rápido como una ametralladora, dejando manchas rojas en el cristal, tan brillante como las flores con las que el sonriente chico se cubre el sexo.

Éstas son las circunstancias que ella percibe a su espalda, en Ernie, y aun así no arrojan ninguna sombra sobre el momento presente. Lo que está haciendo es lo que es habitual en ella, está pensando en términos de consuelo y satisfacción mientras mira hacia el volumen postrado del colchón. Sus ojos están absorbiendo todas sus posibilidades. El pasado del colchón ha sido bueno. Olga sería la última en negar su bondad. Ha estado bajo muchas fornicaciones estivales en el hotel de veraneo de Olga. Pero también el futuro del colchón va a ser bueno. Va a yacer bajo las ociosas tardes de Olga y bajo el maravilloso y balanceante clima del sur de California.

Eso es lo que el veterano colchón ha hecho durante los últimos veranos. La lluvia y el sol han ejercido su influencia en él. Incapaces de disolverlo o absorberlo en sí, los elementos lo han investido con sus propios atributos. Ahora es todo suavidad y olores oceánicos y de tierra, y sigue tumbado junto a la generosa huerta de tomates que me hace pensar en una baraja de cartas con el envés verde en el que todo, salvo los diamantes y los corazones, ha sido descartado.

(«¿Qué te juegas?», pregunta la loca de corazones. Pero esa es Olga, y Olga está apostando *eternamente*.)

En las tardes de ocio, se tumba en ese maduro colchón suyo y su cuerpo, que respira lento, está caliente y relajado, y cubierto por una prenda tipo pareo de una sola pieza con el que una *pin-up* de Hollywood apenas se atrevería a aparecer. El Cocker Spaniel, llamado Freckles, está descansando el morro en su ombligo. Parece un pudín de sirope de caramelo con crema batida por encima. Y esas dos indolentes criaturas navegan a la deriva pendientes y ajenas a lo que tiene lugar en el hotel para veraneantes de Olga. Las broncas, la música, la dolorosa llegada de malas noticias, el alegre griterío, todo lo que ocurre es conocido y aceptado. Sin siquiera sentir nada tan fuerte como el desprecio, sus miradas abarcan las idas y venidas del marido cuando tiene una palabrita con un inquilino a cuenta de una persiana rota o un rastro de arena en la bañera o unas huellas húmedas en las escaleras. Nadie le hace mucho caso al pobre Ernie. A los Ernie de este mundo se les trata así. Se dan de cabezazos contra las paredes de pura indignación hasta que sus pequeños cerebros secos se han hecho pedazos. Allí va ahora, puedo verlo a través de la ventana, trotando por la galería del piso superior del ala trasera del edificio con unas telas para orear, las sábanas de una cama en la que cuerpos jóvenes han disfrutado, razón por la que los odia. Ernie trata a todo el mundo con la correcta furia del cornudo impotente, y los demás tratan a Ernie de una manera tan descortés que le hace dar vueltas como una peonza hasta que se va agotando y se detiene. A veces, mientras se queja, pasan a su lado chorreando agua salada del océano a lo largo de las escaleras, que Ernie tiene que secar a cuatro patas. «Cerdos, cerdos», es lo que les llama, y por supuesto tiene razón, pero su furia es demasiado indiscriminada para ser útil. Olga también es capaz de enfurecerse, pero se reserva para la auténtica bestia a la que reconoce a simple vista, sonido y olor, y aunque no le ha dado un nombre, sabe que es la bestia de la mendacidad oculta en nosotros, la bestia que dice mezquinas mentiras, y Olga no va a confundirse y bajar la guardia por adversarios más pequeños. Quizás todos los adversarios son más pequeños que Olga, pues ella es casi tan inmensa como las tardes bajo las que yace.

Así va la cosa y nadie puede resistirse a ello.

El maravilloso y arrullador clima de California continúa meciéndose sobre nuestras cabezas y sobre las galerías del hotel de verano de Olga. Avanza meciéndose por encima de los acróbatas y sus parejas de cuerpos esbeltos, sobre los jóvenes cadetes que están en la escuela por ambición, sobre el océano que se hace con el resplandor del momento, sobre el embarcadero en Venice, sobre las montañas rusas y sobre las enormes casas de playa de las mujeres con más éxito del mundo —no sólo sobre esas personas y esa parafernalia, sino sobre todo lo que es compartido en la mancomunidad de la existencia—. Se ha mecido sobre mí durante todo el verano, y sobre las tardes que he pasado sentado a esta mesa a cuadros verdes y blancos, en esta corriente de gelatina amarilla de un espectáculo de variedades. Ha ido meciéndose sobre los logros y los fracasos; lo ha cubierto todo y ha absorbido las heridas con los placeres, sin hacer discriminación alguna. No hay nada tan arrogante como este caballo. El gigante caballito de madera azul que es el clima del sur de California se mece y se mece con todos las señales apuntando hacia delante. Sus penachos son de un azul ahumado y el cielo no los puede retener, así que majestuosamente los deja ir...

Ahora ya he acabado otra de esas tardes así que arrastro la silla lejos de la mesa, llena de papeles, y estiro la espalda, contraída, hasta que cruje y me paso los dedos con delicadeza sobre un dolor apagado que tengo en el pecho, y pienso: «Qué modesto equipaje es éste que se nos ha dado para que vivamos, una especie de máquina de caucho que no está hecha para llegar muy lejos, pero en algún sitio, ahí dentro, está el misterioso inquilino que sabe y describe su ser». ¿Quién es y qué anda haciendo? Hay que seguirlo de cerca, pincharle el teléfono, investigar a sus socios más cercanos, si es que los tiene, porque hay alguna oculta intención en que venga a quedarse aquí y se pase todo el tiempo mirando ansiosamente por la ventana...

Ahora estoy mirando por la ventana a Olga, que ha estado tomando el sol toda la tarde en ese chiste malo que tiene por colchón, mientras envejece a placer y se bebe la vida a lengüetazos con la lengua de un toro hembra. El luchador Tiger ha tomado la habitación contigua a la mía, y por eso mira hacia acá, plácidamente alerta, esperando el reflejo de una bata púrpura a través de las cortinas de la ventana de él, informándola de que ha vuelto de la playa, y antes de que haya colgado la bata del gancho en la puerta, la puerta se abrirá y se cerrará tan suavemente como un párpado, y Olga habrá desaparecido de su colchón entre las tomateras. Una vez el Cocker Spaniel tuvo la imprudencia de gemir y ladrar a la puerta de la habitación de Tiger, y lo dejaron pasar y lo volvieron a arrojar por la ventana de inmediato, y en otra ocasión oí a Tiger murmurando, «Jesús, vieja vaca gorda», pero sólo unos instantes más tarde los ruidos que venían del otro lado de la pared me hicieron pensar en las confesiones de una morsa en su agonía.

Así es la cosa y nadie puede resistirse a ello.

Lo perecedero del envoltorio que le ha tocado no ha arrojado sobre Olga ninguna sombra que ella no pueda tomarse a risa. La miro ahora, antes de que Tiger vuelva de «Playa Músculo», y si ningún pensamiento, ningún conocimiento ha tomado forma todavía en la proteica gelatina del cerebro y los nervios, si soy paciente para esperar unos instantes más, esta casera picassiana puede levantarse de su colchón y venir corriendo a esta habitación con un cuenco de porcelana azul lechoso lleno de razones y explicaciones para todo lo que existe.

1953 (Publicado en 1954)

Lo que le pasó a la viuda Holly

La viuda Isabel Holly alquilaba habitaciones. Apenas sabía cómo había acabado a haciéndolo. Se había producido poco a poco lo mismo que todo lo demás. Tenía la impresión, sin embargo, de que ésta era la casa donde había vivido de recién casada. Había habido, creía también, una serie de decepciones más o menos trágicas, la menor de las cuales había sido la muerte de Mr. Holly. A pesar del hecho de que el difunto Mr. Holly, cuyo nombre de pila ella ya no recordaba, la había dejado con un fondo de inversiones que le daba una renta suficiente, por alguna razón ella se había sentido obligada, llegado el momento, a abrir su casa de Bourbon Street en Nueva Orleans a las personas que se consideraban «inquilinos». En los últimos tiempos, los pagos habían disminuido y ahora parecía que los inquilinos eran en realidad familiares a su cargo. También ellos habían disminuido en número. Le sonaba que había habido muchos una vez, pero ahora sólo había tres, dos solteras de mediana edad y un soltero de ochenta. No se llevaban bien. Cuando se encontraban por las escaleras o en la entrada o a la puerta del baño, invariablemente surgía alguna disputa. El pestillo de la puerta del baño se rompía cada dos por tres: lo arreglaban y se volvía a romper. Era imposible conservar una cristalería en esa casa. Mrs. Holly había acabado por limitarse a usar enseres de aluminio. Los objetos de este material soportan mejor los golpes, pero también infligen un daño considerable a aquello que golpean. Una y otra vez uno de los tres atroces inquilinos aparecía por la mañana con una venda manchada de sangre alrededor de la cabeza, la boca magullada e hinchada o un ojo morado. En vista de las circunstancias, era razonable suponer que al menos uno de ellos abandonaría la casa. Nada, sin embargo, parecía más lejos de su intención. Se agarraban como sanguijuelas a sus habitaciones con olor a humedad. Todos acumulaban objetos: chapas de botellas o cajas de cerillas o envoltorios de papel de plata, y la duración de su estancia en la casa la atestiguaba, con elocuencia, la ingente acumulación de artículos como aquellos apilados entre las mohosas paredes de sus dormitorios. Sería difícil decir cuál de los tres era el inquilino más indeseable, pero el solterón de ochenta era desde luego el más molesto para una mujer de buenos orígenes y educación, como había sido e incuestionablemente era Isabel Holly.

Este ermitaño octogenario había acumulado gran cantidad de deudas. En los últimos años, aparentemente, había estado manteniendo una entrevista casi continua con sus acreedores. Con enojo, entraban y salían de la casa, entraban y salían, no sólo durante el día, sino a veces a las horas más inverosímiles de la noche. La casa de la viuda

Holly estaba en esa parte del viejo Barrio Francés dedicada prácticamente a cantinas y bares. Los acreedores del viejo eran bebedores concienzudos, la mayor parte, y cuando los bares cerraban por la noche, después de que el alcohol les hubiera inflamado el ánimo, hacían escala en casa de Mrs. Holly para renovar su implacable asedio al inquilino y, si él se negaba a responder al ruidoso timbre o a los golpes en la puerta, misiles de la más variada índole atravesaban los cristales de las ventanas, cuyos postigos se habían caído o estaban abiertos. En Nueva Orleans el tiempo es a veces notablemente bueno. Cuando era así, los acreedores del viejo eran menos odiosos, y a veces se limitaban a presentar las facturas en la puerta y se marchaban discretamente. Pero, cuando fuera hacía malo, cuando el tiempo era asqueroso, el lenguaje que utilizaban los acreedores para sus demandas era de una atrocidad indescriptible. La pobre Mrs. Holly había desarrollado el hábito de taparse los oídos con las manos los días en que no había salido el sol. Había un comerciante en concreto, un hombre llamado Cobb que representaba a una empresa de pompas fúnebres, que tenía por costumbre utilizar el peor epíteto de la lengua inglesa en el volumen más alto, una y otra vez, con creciente frenesí. Sólo las solteronas, Florence y Susie, podían lidiar con el agente Cobb. Cuando trabajaban a la par podían espantarlo, pero a costa de la rotura de las barandillas.

La viuda Holly había hecho alusión sólo una vez a esas dolorosas escenas entre el agente Cobb y su inquilino solterón. En aquella ocasión, después de una sesión particularmente desagradable en el recibidor de abajo, había preguntado tímidamente al anciano si no podía alcanzar algún tipo de acuerdo con su amigo el enterrador.

—No hasta que me muera —le dijo él.

Y siguió explicando, mientras se vendaba la cabeza, que había encargado un ataúd, el mejor ataúd posible, que había sido especialmente diseñado y construido para él, y ahora el poco razonable Mr. Cobb quería que lo pagase, incluso antes de su defunción.

—¡Ese hijo de un hijo ilegítimo —dijo el inquilino— sospecha que soy inmortal! Ojalá fuera así —suspiró—, ¡pero mi médico me asegura que mi esperanza de vida es de apenas otros ochenta y siete años!

—Oh —dijo la pobre Mrs. Holly.

Con su afabilidad habitual, estuvo a punto de preguntarle si pensaba quedarse en la casa todo ese tiempo, pero justo en ese momento, una de las dos indistinguibles inquilinas, Florence o Susie, abrió la puerta de su dormitorio y asomó la cabeza.

—¡Este espantoso alboroto tiene que cesar!—aulló.

Para enfatizar su demanda lanzó una palangana de aluminio hacia ellos. Rebotó en la cabeza del hombre que había encargado su ataúd y a Mrs. Holly le propinó un terrible golpe en el pecho. La cabeza del octogenario estaba envuelta con franela, varias capas, y acolchada con cartones humedecidos, así que el golpe no le hizo daño ni le cogió con la guardia baja. Pero mientras la viuda Holly huía dolorida escaleras abajo hacia el salón —su santuario habitual— echó una mirada atrás y vio cómo el poderoso caballero arrancaba un travesaño de la barandilla y le gritaba a Florence o a Susie la misma palabra irrepetible que había usado el enterrador.

¡SI TIENE PROBLEMAS
CONSULTE A A. ROSE, METAFÍSICO!

Ésta era la leyenda que Isabel Holly encontró en una tarjeta de presentación deslizada debajo de la puerta que daba a la calle Bourbon.

Se acercó de inmediato a la dirección del asesor y lo encontró, aparentemente, esperándola.

—Mi querida Mrs. Holly —dijo—, parece tener usted un problema.

—¿Un problema? —dijo—. Oh, sí, tengo un problema espantoso. Parece que hay algo que no sale en la foto.

—¿Qué foto? —preguntó él con amabilidad.

—La de mi vida —dijo ella.

—¿Y cuál es el elemento que parece faltar?

—Una explicación.

—¡Oh, una explicación! Ya no hay mucha gente que pregunte por *eso*.

—¿Y eso? ¿Por qué no? —preguntó ella.

—Bueno, verá… ¡Ah, pero es inútil decírselo!

—¿Entonces por qué quería que viniese?

El anciano se quitó las gafas y cerró un libro de contabilidad.

—Mi querida Mrs. Holly —dijo—, la verdad del asunto es que usted tiene reservado un destino de lo más inusual. ¡Es usted la primera de su clase y carácter en ser trasplantada a esta tierra desde una estrella en otro universo!

—¿Y cómo va a acabar esto?

—Sea paciente, querida. Soporte las pruebas presentes lo mejor que pueda. ¡Se avecina un cambio, un cambio crucial, no sólo para usted sino para prácticamente todos los demás confinados en esta demente esfera!

Mrs. Holly volvió a casa y, antes de que pasara mucho tiempo, esa entrevista, como todo lo que pertenecía al pasado, se había desvanecido casi por completo de su mente. Los días que dejaba atrás eran como el negativo borroso de una película que se apagaba cuando se exponía al presente. Eran como una tonta hebra de hilo que le gustaría cortar, para deshacerse de ella. Sí, deshacerse de ella para siempre, como el hilo de un dobladillo descosido que se engancha en las cosas cuando caminas. ¿Pero dónde había puesto las tijeras? ¿Dónde había puesto todo lo que en su vida tenía filo, todo aquello capaz de incisión? A veces buscaba en ella algo que tuviera un filo con el que poder cortar. Pero todo en ella era romo o blando.

El problema en la casa seguía y seguía.

Florence Domingo y Susie Patten se habían peleado. El motivo había sido los celos.

Florence Domingo tenía una pariente de edad que pasaba a visitarla una vez al mes, trayendo consigo una bolsa de papel vacía con la normalmente vana esperanza de que Florence le diera algo de relativo valor para llevárselo en ella. Esta vieja prima indigente estaba extremadamente sorda, tan sorda, como se suele decir, como una tapia, y en consecuencia sus conversaciones con Florence Domingo tenían que desarrollarse con los pulmones a pleno rendimiento y, dado que esas conversaciones trataban casi solamente sobre los otros inquilinos de Mrs. Holly, cualquier grado de paz que se hubiera alcanzado bajo el techo de la casa antes de una de aquellas visitas se veía drásticamente reducido después de cada una, y a veces incluso durante. Por su parte, Susie Patten nunca recibía visitas y esta impopularidad comparativa de Susie no podían pasarla por alto Florence y su prima.

—¿Cuántos años tiene Susie Patten? —gritaba la prima.

—Terrible. Siempre lo mismo —respondía Florence a grito pelado.

—¿Sale alguna vez a ver a alguien? —aullaba la prima.

—¡Nunca, nunca! —contestaba una desgañitada Florence—. ¡Y nadie viene a verla a ella! Es un alma solitaria, completamente sola en el mundo.

—¿Nadie la visita?

—¡Nadie!

—¿Nunca?

—¡*Nunca!* ¡Absolutamente *nunca*!

Cuando la prima se levantaba para marcharse, Florence Domingo le decía: «Ahora cierra los ojos y toma tu bolsa de papel y cuando llegues abajo mira a ver qué encuentras en ella». Ésta era su juguetona manera de hacer un regalo, y la vieja prima tenía prohibido mirar en la bolsa hasta que había salido de la casa, y tan grandes eran su curiosidad y su avaricia que casi se desnucaba bajando a toda prisa para ver el regalo que había recibido. Las más de las veces resultaba ser algún resto de comida, como una manzana a medio comer oxidada en las partes mordidas, pero en una ocasión en que la conversación no había complacido a Miss Domingo, fue el cadáver de una rata lo que depositó en la bolsa de papel y las visitas se suspendieron durante tres meses. Pero ahora habían retomado las visitas y el enojo de Susie Patten estaba muy cerca de alcanzar lo indescriptible. Entonces tuvo una idea. Emprendió una contraofensiva, y de un tipo muy inteligente. Susie se inventó una visita. A Susie se le daba muy bien imitar voces, es decir, hablaba con su voz y a continuación se daba la réplica en una diferente, como si estuviese hablando con alguien. La visita inventada de Susie, por si fuera poco, no era una anciana. Era un caballero que se dirigía a ella como Madam.

—¡Madam —decía el visitante imaginario—, se ha puesto hoy su hermosa camisa de puntos!

—Oh, ¿le gusta? —gritaba Susie.

—Sí, le hace juego con los ojos —le decía la visita.

Entonces Susie simulaba sonido de besos con la boca, primero unos suaves, luego otros más fuertes, y después se balanceaba con velocidad en la mecedora y hacía: «¡Uf, uf, uf!». Y después de un intervalo prudencial gritaba: «¡Oh, no!». Entonces volvía a mecerse y a decir: «Uf, uf», otra vez, y poco después, tras otra pausa prudencial, se retomaba la conversación y a su debido tiempo derivaba hacia el tema de Florence Domingo. Se hacían comentarios desdeñosos sobre la materia, y también sobre la colección de envoltorios de papel de plata y sobre la pariente de Domingo que llevaba la bolsa de papel por si le caía un regalo.

—¡Madam —chillaba la visita de Susie—, esa mujer no puede vivir en una casa decente!

«No, la verdad es que no», asentía Susie a voz en cuello, y todo esto mientras Florence Domingo estaba escuchando hasta la última palabra que se decía y el último ruido que se producía en el curso de la larga visita. Florence sólo estaba segura a medias de que el visitante existiera, pero no podía estar del todo segura de que no fuera así, y sus dudas e incertidumbres en este punto le machacaban los nervios, y terminantemente había que hacer algo al respecto.

Se hizo algo al respecto.

Isabel Holly, la viuda que era dueña del edificio y sufría esto —¿cómo llamarlo?—, supo que iba a haber problemas en cuanto una tarde vio llegar a Miss Domingo a la puerta de entrada con una caja de tamaño medio en la que se leía: EXPLOSIVOS.

La viuda Holly no aguardó a las eventualidades aquella noche. Se lanzó a la calle con lo puesto: unos pantalones cortos de rayón y un sujetador. Apenas había llegado a la esquina, una espeluznante detonación hizo retumbar toda la manzana. Siguió corriendo, estremecida de frío, hasta que llegó al parque, el de al lado del Cabildo, y allí se arrodilló y estuvo rezando durante horas antes de atreverse a volver a su casa.

Cuando Isabel Holly llegó a rastras a su casa en Bourbon, la encontró hecha un desastre. Las habitaciones estaban en silencio. Pero, cuando pasó junto a ellas de puntillas vio aquí y allá las inmóviles y roncamente jadeantes figuras cubiertas de sangre de cerca de una veintena de comerciantes, entre los que se encontraba el rufián Cobb.

Por todo el suelo y por los peldaños de las escaleras había pequeños objetos brillantes que en un principio ella tomó por fragmentos de cristal, pero cuando cogió uno, se dio cuenta de que eran monedas. Aparentemente, el dinero había salido de una de las habitaciones de la casa y se había desparramado por doquier, pero los acreedores del viejo no estaban aún en condiciones de recogerlo. Debía de haberse desencadenado gran violencia antes del desembolso pecuniario.

Isabel Holly trató de pensar en ello, pero su cerebro era como un jarrón rajado que no podía contener el agua, y se tambaleaba de agotamiento. Así que renunció a ello y se arrastró hasta su dormitorio. En un sobre deslizado a medias bajo la puerta encontró un mensaje que no hizo sino aumentar la confusión de la viuda.

El mensaje decía lo siguiente:

«Mi querida Mrs. Holly, me parece que gracias a mis poderes de persuasión han acabado sus espantosas molestias. Lamento no poder esperar su vuelta a casa, ya que estoy seguro de que debe sentir el enorme peso de la pena y la confusión tal y como están ahí las cosas. Sin embargo, pronto la veré personalmente, y le seré de gran ayuda. Saludos cordiales, Christopher D. Cosmos».

Las semanas que siguieron fueron notablemente tranquilas. Los tres incorregibles inquilinos permanecieron encerrados en sus habitaciones, aparentemente en un estado de intimidación. Los acreedores que tan violentamente habían cobrado, ya no volvieron a llamar a la puerta. Vinieron los carpinteros y arreglaron las cosas en silencio. Carteros con telegramas subieron de puntillas las escaleras y golpearon las puertas de los inquilinos con discreción. Empezaron a entrar y salir cajas. Pronto le pareció a la atónita mente de Mrs. Holly que las terribles dos y el terrible uno estaban preparándose para abandonar la casa.

De hecho, no mucho después apareció en el recibidor de abajo un aviso informativo que corroboró esa esperanzada sospecha.

«Hemos decidido» decía el aviso, «en vista del comportamiento de su primo, no prolongar nuestra residencia aquí ni un minuto más. Esta decisión es absolutamente irrevocable y preferiríamos no discutirla. Firmado: Florence Domingo, Susie Patten, Regis de Winter». (Las firmas de los inquilinos).

Tras la marcha de los inquilinos, a Isabel Holly le fue más difícil que nunca concentrarse en las cosas. A menudo, durante el día, se sentaba con precaución a la mesa de la cocina, o sobre la cama deshecha, y se agarraba la frente y murmuraba para sí: «¡Tengo que pensar, sólo *tengo que* pensar!». Pero no funcionaba, no funcionaba en absoluto. Oh, sí, por un momento *parecía* estar pensando en algo. Pero al final siempre se parecía más a un terrón de azúcar haciendo esfuerzos extenuantes para preservar su integridad en una taza de té humeante. La forma cúbica de su pensamiento no se mantenía. Se relajaba y se disolvía y se desparramaba por el fondo o se iba disgregando.

Al final, un día hizo otra visita a la casa del metafísico. Sobre la puerta estaba clavado un cartel: «Me he ido a Florida para mantenerme joven para siempre. Amor a todos mis enemigos. Adiós». Lo contempló con desesperanza por un instante y comenzó a darse la vuelta. Pero justo a tiempo, un pequeño roedor blanco se escurrió por debajo de la puerta y dejó caer a sus pies un sobre sellado como el que Christopher Cosmos había dejado en su casa la vez del último alboroto. Lo desgarró y leyó el siguiente mensaje: «He vuelto y estoy durmiendo en su habitación. No me despierte hasta las siete en punto. El viaje por el cabo del sol ha sido largo y necesitamos mucho descanso antes de emprender la vuelta. Saludos cordiales, Christopher D. Cosmos».

Cuando Isabel Holly volvió, había, en efecto, un hombre durmiendo en su cuarto. Se quedó en la puerta y casi se le cortó la respiración del asombro. ¡Oh, qué guapo era! Llevaba un uniforme de comandante naval. La tela estaba almidonada y lustrosa como la nieve que se acumula en invierno. La chaqueta llevaba galones en los hombros; los galones estaban sujetos a la prenda con tachuelas de rubí. Los botones eran aguamarinas. Y el pecho del hombre, expuesto entre la chaqueta desabotonada, brillaba por las delicadas gotas de sudor, de un oro pálido, como brillantes, que había sobre él.

Abrió un ojo y lo guiñó y murmuró: «Hola», y se dio la vuelta perezosamente sobre la tripa y se volvió a dormir.

Ella no podía decidir qué acción debía llevar a cabo. Vagó por la casa durante un rato, fijándose en los cambios que habían tenido lugar durante su ausencia.

Ahora todo estaba ordenado. Todo estaba como los chorros del oro, como si un regimiento de criados hubiese trabajado organizadamente durante días, fregando y sacando brillo, arrancando un resplandor hasta del objeto más apagado. Los utensilios de cocina comidos por la herrumbre y otras cosas que no podían recuperarse habían sido arrojados a un incinerador o apilados junto al mismo. En un recibo de la lavandería, con la letra del comandante, estaba garabateado: DESHAZTE DE ESTAS TONTERÍAS. También, entre las cosas que su maravilloso visitante había ordenado destruir, se encontraban varios recuerdos del difunto Mr. Holly: el enema, la fotografía de su madre con una barba imponente y con una vestimenta atrevida, el cubo de sebo de oveja con el que se engrasaba tres veces a la semana en lugar de bañarse, la composición musical de 970 páginas llamada *Medidas punitivas* que él se había esforzado sin desmayo por dominar en un instrumento de latón inventado por él... La colección completa de reliquias estaba ahora apilada dentro o fuera del gigantesco incinerador.

«¡Los milagros existen!», murmuró la viuda mientras volvía arriba.

El estado de indecisión no le era extraño a la viuda Holly, pero ésta era la primera vez en su vida que le había aligerado tanto los pies como la cabeza. Subió a las habitaciones superiores sin esfuerzo, como sube el vapor del agua con la primera luz del día. No había mucha luz, ni siquiera en el salón que daba a la calle Bourbon, donde apenas había más luz que la que podía haber emanado del pecho descubierto del joven comandante dormido en su habitación. Había luz justo como para poder ver la esfera del reloj si se echaba sobre él como si le fuera a pedir un beso. Eran las siete en punto, ¡tan pronto!

La viuda no estaba resfriada, pero mientras doblaba unas prendas sobre un nido de piñas en la chimenea del salón, empezó a sorberse la nariz. Sorbía y sorbía; todos los músculos bajo la superficie de su fresca y joven piel comenzaron a temblar, pues en algún lugar de la casa, que vibraba debido a los momentos que iban y venían, tal y como correteárían criaturas casi incorpóreas por una habitación sólo compuesta de puertas, alguien estaba, sin ninguna duda, sosteniendo una manzana de caramelo clavada en un palo ahorquillado de metal sobre la rápida lengua de una llama, hasta que su piel bisbiseó y se agrietó y por fin se abrió, soltando dulces jugos, escupiéndolos contra la llama e inundando la casa entera, ahora, todas las frías y sombrías habitaciones, arriba y abajo, con un olor de celebración en la estación del Adviento.

(Publicado en 1953)

La vid

EL CUERPO DE MUJER QUE ESTABA junto a él mientras dormía era algo que sentía con la débil e irracional consciencia de las plantas ante el sol: cuando no estaba, cuando se había levantado de la cama, él conocía el mismo anhelo ciego y sin forma que deben de sentir las plantas cuando les falta el calor. Cuando dormían había una continuidad entre sus cuerpos de la que él había llegado a depender. En invierno nunca tenía calor suficiente en el cuerpo, siempre tenía que tomar un poco del de ella —siempre había algún contacto entre ellos, él doblaba las rodillas siguiendo las de ella, le pasaba el brazo por los hombros como una vid trepadora—. Pero también cuando las noches eran excesivamente calurosas, como lo eran ahora, a finales del verano, su mano o su pie tenían que permanecer en contacto con alguna parte de la mujer. Era esencial para su sensación de seguridad. Cuando se rompía el contacto, aun cuando no se despertase, la comodidad del sueño se perdía y él se revolvía con inquietud, a veces pronunciando su nombre: «Rachel, Rachel». Si ella seguía en la habitación, volvía a la cama y entonces él, en quien la pérdida provisional había despertado un soñoliento deseo, tomaba el cuerpo de ella casi como un niño recibe el pecho de su madre, en una especie de ciega, instintiva, torpe posesión que a duras penas conseguía emerger del estado de sueño, del mismo modo en que las plantas se expanden a la luz del sol con esa gratitud dulce y no meditada que siente la materia viva por aquello que sostiene su ser.

Y por eso hacía rato, desde que Rachel se había ido, que él había dormido con desasosiego. El anhelo acumulado e insatisfecho lo condujo poco a poco a perder el sueño. Abrió los párpados. Sobre él se extendía el techo con una red de delicados dibujos plateados y las manchas marrones, que conocía de memoria, de las cañerías goteantes de la habitación alquilada de arriba. La ventana cuadrada dejaba entrar un resplandor severo, que era como la insolente mirada de alguien que sabía que lo despreciaba, pero del que no podía escapar.

Cerró los párpados: hizo un mohín.

«¡Dios, me siento como si le hubiera dado un bocado a un puñado de plumas de pollo viejo!».

Rachel no dijo nada.

Se dio la vuelta y vio que su lado de la cama estaba vacío. Las sábanas estaban cuidadosamente estiradas, la almohada lisa como si ella no hubiese estado durmiendo ahí aquella noche. Por un momento él se preguntó estúpidamente si lo había hecho. Por supuesto. Su cuerpo, que había hecho su labor de registro como una película expuesta mientras su mente estaba dormida, le devolvió entonces la larga y dulce historia de su presencia junto a él. Y entonces él recordó sus vueltas inquietas en la cama, que no le dejaron dormir hasta que se quejó:

«Rachel, ¿por qué no te estás quieta?», y ella había dicho: «Oh, Dios mío», y él había dicho: «¿Qué?», y ella no había dicho nada más, y él se había quedado dormido.

—Rachel.

El vacío del cuarto le contestó con el zumbido desganado de un tábano enorme: las alas emitían un brillo azul sobre la mampara de cobre, como si su mujer se hubiese transformado en un insecto.

Sonrió ligeramente ante aquella idea fabulosa, se incorporó sobre los codos y echó una mirada vaga a su alrededor.

El espíritu travieso de los primeros años volvía a presentarse a veces en pequeñas bromas que se hacían uno al otro, lo que le hizo pensar que ella se había escondido para tomarle el pelo. Pero la verdad es que no había espacio, en ese apartamento de una sola habitación, en el que una mujer, incluso tan pequeña como Rachel, pudiera esconderse. La puerta del armario estaba abierta; desde su ángulo, el hueco de la cocina hacía una confesión completa.

Se inclinó gruñendo, vio debajo de la cama plegable las pálidas ligas que había perdido, pero no a su mujer.

Mediante una serie de movimientos dubitativos y desganados, salió de la cama y se acercó a la única ventana. Más allá del arco de proscenio, el mundo ofrecía el comienzo de un nuevo día de calor. La calle, una calle del Village, era estrecha y estaba vacía: se podría casi suponer que durante la noche una plaga había aniquilado a toda la población. No, había una figura, una mujer, sí, pero no era Rachel, que salía de un pasadizo. La miró acercarse a la tienda de comestibles en cuyos escaparates lucía un caos de letreros superpuestos y listas de precios. Muy probablemente era allí donde Rachel había ido, con una botella de leche vacía en una bolsa de papel:

¿cuánto dinero habría cogido de debajo de la figurita de porcelana de la cómoda? Fue a verlo de inmediato, recordando la cantidad exacta que había cuando se acostaron. Faltaba un cuarto de dólar. ¿Una llamada de teléfono? ¿Y un billete de metro?...

Se rió con cierta inquietud: ya no quedaba nada con lo que posponer el temido acercamiento al espejo. Embutido en el arrugado pijama morado con ranitas blancas, se dirigió con ansiedad hacia aquel espejo salpicado de jabón que colgaba sobre el lavabo, para hacer el análisis matutino de su aspecto. De joven había sido muy guapo, un tipo juvenil ideal, e incluso a los cuarenta y tres, a la mediana edad, como no se había permitido superar una concesión de cinco kilos, tenía todavía el cómodo sentimiento de ser atractivo. Ah, pero su pelo, decían que a los cuarenta dejaba de caérsete, y si habías llegado con tanto lo mantenías para siempre. ¿Qué había de cierto en aquel rumor? Inclinó la cabeza cuanto pudo para no dejar de verse en el espejo. La coronilla se le hacía cada vez más visible, sí, floreciendo tan rosada como una rosa. Ah, bien. También se decía que cuando el cabello se caía, era síntoma de un vigor masculino superior. Eso podía ser, no le costaba nada creerlo.

Automáticamente comenzó a mover el cuero cabelludo entre la presión de diez dedos, deteniéndose al contar hasta sesenta con un desmayado gruñido de alivio.

Al acabar, volvió a la ventana. La alcanzó justo a tiempo de ver a la solitaria mujer, que había entrado en el colmado, salir con el paquete apretado contra el plano pecho, como si temiera que alguien se lo pudiese arrebatar. «¿Te has dado cuenta alguna vez», se preguntó a sí mismo, «de lo fuerte que agarra la gente preocupada las cosas, por ejemplo el ala del sombrero, cuando esperan en la oficina del director? ¿Eh?». El día anterior, al salir de McClintic's.

tenía el sombrero Panamá tan machacado que hubo que darle forma de nuevo. Oh, sí. Ya sabía lo que tenía que hacer esa mañana. Llamar a Edie Van Cleve por lo del papel en la compañía ambulante de *Las violetas son azules*. Cogió una moneda de diez centavos y en albornoz bajó al vestíbulo. «Has leído bien», le había dicho, «pero a Mr. David le parece que eres un poco joven para el papel». Al volver a subir las escaleras el corazón le dio unos extraños saltos. Una palpitación. De vez en cuando las tenía. El doctor le había dicho que no había nada orgánicamente mal, ninguna lesión patológica. «Si se sacara el corazón», dijo el doctor, «vería que es exactamente como un corazón normal, sólo que un poco hiperdesarrollado por la vida tan extenuante que ha estado llevando». Se suponía que aquellas palabras debían transmitir seguridad, más de la que Donald había recibido. ¿Qué vida extenuante? Él nunca se había pasado en el trabajo o en el teatro. Los ensayos podían ser muy tensos. Pero él siempre se sentía bien cuando trabajaba. Había sido sólo en los últimos dos o tres años, que trajeron aquellos largos períodos de inactividad indeseada, cuando había empezado el declive con respecto a la mejor de sus condiciones.

Pasos en el recibidor: «¿Rachel?». No, continuaron hacia arriba…

Empezó a maldecirla, en broma, como si ella pudiese oírle, con los ojos fijos en la fotografía enmarcada del Ballet de la Luciérnaga: chicas con brillantes tutús que pasaban por una intrincada rutina de danza. Al final de la fila estaba Rachel, un poco más pequeña, más rápida, y más grácil que las otras. El número de él seguía al de ella. Hacía de hombre recto en un diálogo de mal gusto con un cómico ahora muerto de una enfermedad del corazón. Tommy Watson. ¡Bah! Estaba la foto de Tommy.

No estaba mal, si no se lo comparaba con el aspecto que tenía ahora. Y también estaba su propia foto con un sombrero de paja y una pajarita. No mucho mayor de lo que sería ahora su hijo. Sólo que no habían tenido hijos, él y Rachel. Habían evitado escrupulosamente toda oportunidad durante diez años. Y luego, un verano, hacía unos tres años, Rachel se había puesto pensativa. No podía dejar de pensar en ello. Estaban en una gira estival. Rachel había pasado de golpe a aparentar su edad, y el director había dicho: «Lo siento, pero ya no la podemos iluminar para los papeles ligeros, y tenemos todos los personajes de mujer que podemos utilizar». Aquello fue *horrible*. Rachel se pasó días medio ida. Y luego una noche dijo: «Quiero un niño». Él puso alguna objeción, pero ella insistió: «Tenemos que tener un niño». Dejaron de tomar precauciones, y esperaron seis meses. Y como seguía sin ocurrir, fueron a un médico. Ambos fueron minuciosamente examinados, y al final el médico habló con Rachel. Donald esperaba fuera, ansiosamente. Cuando ella salió, lo miró con un aspecto raro.

—¿Qué ha dicho?

—Dice que no podemos tener hijos.

—¿Tienes algún problema, cariño?

—Yo no —dijo ella—. Dice que *tú eres estéril*...

Aquello le había sacudido a Donald como un golpe en la parte que más le duele a un hombre. Las muchas atenciones lisonjeras que había recibido en su juventud le habían inflado la vanidad sexual y nunca había recuperado su tamaño normal.

De camino a casa desde la consulta, estuvo ruborizado y silencioso. Por fin dijo con voz ronca:

—¿Rachel?

—¿Sí?

—No se lo digas a nadie.

—No seas estúpido, Donald. No hay nada de lo que avergonzarse. ¿Pero para qué anunciarlo?

—Exactamente...

Pero sus relaciones se vieron alteradas por el descubrimiento. Se rieron al pensar en todo lo que se habían esforzado aquellos años en evitar algo que no podía ocurrir. Pero el chiste estaba en Donald, en realidad, y por esa razón, le resultaba difícil aceptarlo. Durante un tiempo, el trauma psíquico fue tan agudo que le costaba hacerle el amor a Rachel. Pero Rachel lo entendió mejor que él. Logró recuperarlo con ternura, y la humillación, gradualmente, se disolvió en su mente y las cosas volvieron a ser casi como antes. Donald no tenía tendencia a mantener abiertas viejas heridas, y si Rachel aún seguía rumiando su decepción, nunca dio signos de ello. Donald consiguió un papel bastante bueno en un espectáculo que duró nueve meses en Nueva York, y ahorraron un poco de dinero. Cuando el espectáculo salió de gira, pereció bajo la incorruptible justicia de Claudia Cassidy en Chicago. Desde aquello, Donald no había hecho más que televisión, y no mucha.

Donald había leído una vez por ahí que la manera de combatir la depresión era ser extremadamente cuidadoso con el aspecto físico: «Desnúdate de tus penas», era el estimulante título de aquella columna de consejos. Recordaba habérsela leído en voz alta a Rachel durante la época en que ella parecía estar rindiéndose a sus cambios de humor. Se dirigía a un público femenino, pero no había nada en la teoría que no pudiera adaptarse a un juvenil hombre de mediana edad que se tomaba más molestias de lo normal en presentar un buen aspecto, así que sacó el juego de manicura de Rachel y se limpió y cortó y abrillantó las uñas; se empolvó el regordete cuerpo con talco de lilas y se perfumó las axilas, se puso un par limpio de calzoncillos de *nylon* rosa y de la funda del tinte sacó uno de sus dos trajes de lino blanco como la nieve, que había estado reservando todo el verano por si llegaba una ocasión que no se había presentado. «Nunca he conocido a un hombre al que le sienten como a ti los trajes del lino», le habían dicho una vez. Pero eso fue en otro país y, además, la moza ha muerto, pues cuando ahora sorprendía una visión de su cuerpo entero, fuera, en las deslumbrantemente irreales calles, en uno de aquellos espejos que aparecen atrapados entre los escaparates, se daba cuenta de que la tirantez que sentía en el lino, y que achacaba sólo al apresto de la lavandería, se debía sin disputa a la expansión de su parte central. Probó a desabrocharse la chaqueta: así estaba mejor, pero cuando pasó junto a otro espejo, se dio cuenta de que la almidonada prenda iba flotando tras él de manera que le hacía parecer un gallo de pelea pavoneándose a lo largo de la calle con sus níveas plumas. No le hizo falta nada más para que se echaran a perder todos sus esfuerzos por «desnudarse de sus penas», y continuó sin rumbo fijo a través del resplandor del mediodía. Atravesando muchedumbres que parecían todas tener algo que hacer, ir hacia algún lado, se dio cuenta de que nadie parecía mirarlo a él, y eso era algo en lo que nunca había reparado antes, e intentó atraer la mirada de la gente que avanzaba en el sentido contrario a su marcha. Aminoró el paso y miró fijamente a las caras que se le aproximaban, no sólo a la cara de las chicas guapas que salían a comer, sino a la cara de las mujeres de su generación, y con creciente consternación, casi con un principio de pánico, se dio cuenta de que era incapaz de mantener su atención más de un segundo y una chica, cuando pasó a su lado, soltó una risa espantada, no necesariamente por él, pero si no había sido por él, ¿por qué? La chica iba sola…

Justo después de esta experiencia se metió en un *drugstore* y pidió un bicarbonato de sodio que agarró en cuando el chico lo dejó sobre el mostrador, y se lo bebió de un trago. Ah, aquello liberaba la compresión gaseosa que sentía debajo del corazón, y aquel órgano irritable parecía latir con mayor regularidad que en la calle. «La ciudad está llena», se dijo para sí, «de gente que habla y se ríe sola por la calle; está llena de gente completamente metida en sí misma, que en los espejos no ve a nadie más, y de todos modos, que los extraños no te miren por la calle como antes, como hasta hace uno o dos veranos, sólo significa que... sólo significa que... ¿qué?...». Fue incapaz de concluir la reflexión, pues había observado que la banqueta que tenía al lado la había ocupado una chica, que él supuso una joven taquígrafa tomando su Coca-Cola de mediodía; probablemente estaba haciendo dieta para reducir las caderas, sí, rebosaban un poco sobre el borde cromado del taburete, colgando como el sombrero de una seta. «Sí», murmuró dándose valor mientras sus miradas se encontraban en el espejo en el momento en que con los dedos, con los nudillos de la mano derecha, entraba en suave contacto con su nalga izquierda y le propinaba un par de delicados golpes. Ella parpadeó en el espejo pero siguió sorbiendo su Coca-Cola sin sonreír ni volverse hacia él. El parpadeo y la impavidez eran una reacción equívoca, de modo que lo intentó otra vez.

La mujer no se giró hacia él, siguió sin cambiar de expresión, pero empezó a hablarle en voz baja y con rapidez, como el zumbido de un enjambre de insectos con aguijón.

Él prefirió no oír lo que le estaba diciendo, se levantó con una velocidad que le hizo dar vueltas la cabeza y se dirigió hacia la puerta.

Se consoló a sí mismo, o trató de consolarse, con la observación de que en los últimos tiempos el Village estaba infestado de mujeres que odiaban a los hombres.

No sabía adónde iba, pero iba en dirección Washington Square.

¡Uf!

Se detuvo.

Estaba delante del Museo Whitney…

«Bum, bum, bum, bum, bum», hacía aquel maltratado órgano, ¡su corazón!

¿Maltratado por qué? «Las tensiones de su profesión», había dicho el médico…

«Bum, bum, bum…»

Delante del museo había un cartel de alegres colores que anunciaba una exposición de pintura no figurativa…

Rachel…

Lo que seguramente habría dejado ella en la habitación era una nota en la que decía que se había ido a pasar el día con alguna de sus amigas, quizás con Jane Austin, la que vivía en la parte alta de la ciudad, en Columbus Circle, una que era igual de amiga de los dos. Bueno…

Un par de jóvenes, un chico y una chica del Village, de esos que no se cortaban el pelo, se acercaron a él y también se detuvieron a mirar el cartel, y él se desplazó un poco, respetuosamente, para oír sus comentarios. Reconoció el nombre de Mondrian de haberlo oído antes, pero la reproducción seguía tan carente de significado para él como una tira de linóleo en una cocina limpia y brillante. Existía todo un mundo de cosas como ésa al que él no tenía acceso y, aunque era presumido, en su corazón era humilde, y nunca se alimentaba de entusiasmos en los que era un intruso. Se quedó allí escuchando con respeto los comentarios de la pareja de jóvenes y luego, que Dios le asista, ¡el bicarbonato entró en erupción en forma de un eructo tan fuerte que los chicos se giraron y estallaron en risas!

No se había recuperado aún del mareo, pero tenía que seguir andando…

Al llegar a la plaza, cogió el autobús de la Quinta Avenida hacia el apartamento de Jane Austin, pero no había planta de arriba y le pareció, con inquietante vaguedad, que quizá hacía mucho tiempo desde que los autobuses sin techo recorrían la Quinta Avenida; no podía recordar si todavía los había o no…

Los pensamientos se iban apagando sin un final o un comienzo claro.

Jane estaba en casa con un pañuelo blanco anudado a su cabeza de grandes rasgos, que parecieron espantarse cuando, al abrir la puerta, lo encontraron a él. Saludó de modo extraño, dijo: «¡Mírate!», y aunque él supuso que se refería al traje de lino blanco y a la corbata de seda blanca y azul con estampado de sirenas, no fue un recibimiento tan agradable y cálido como podría esperar una visita.

—¿Está aquí Rachel? —preguntó con ganas.

—¡Vaya, pues no! ¿Debería estar aquí?

—Bueno, se me ocurrió que a lo mejor…

—No os he visto ni a ti ni a Rachel desde aquella fiesta en junio.

Él pensó que había algo cortado y falto de resuello en el discurso de ella, que ni siquiera se había disculpado por su aspecto. Era evidente que aquella mañana ella no había conocido los sinsabores de la depresión, y si lo había hecho no tenía ni pizca de fe en la teoría de «Desvístete de tus penas», pero hay que ser justos, al menos estaba haciendo algún esfuerzo por recoger el desorden y el caos que quedaban tras lo que debía de haber sido una gran fiesta la noche anterior, a la cual, por la razón que fuese, había omitido invitarles. Pero es que Nueva York es un sitio donde todo el mundo conoce a demasiada gente...

Esperó un momento a que Jane dijera: «Siéntate», y como no lo hizo, pasó junto a ella con indiferencia y se acomodó en el sofá.

Pensó en la fiesta del mes anterior, preguntándose si encontraría en ella alguna pista del cambio de actitud de Jane hacia él. Había habido una buena porción de lascivia indiscriminada, la clase de cosa en la que Rachel nunca tomaba parte, pero él a veces sí, aunque no se lo tomaba con mayor seriedad que la de un hombre que se une a un grupo de niños para una partida al béisbol. Rachel se había retirado pronto, a la vez que un matrimonio, pero él se había quedado. Ahora recordaba que Jane y alguna otra persona se habían encerrado en el dormitorio, y allí habían acontecido unos hechos bastante enrevesados, en el curso de los cuales alguien le había hecho daño a alguien, que había montado una escena, no recordaba por qué, ni tampoco cómo había acabado, excepto que se había ido poco después y se había quedado en un bar hasta que lo cerraron. Puede que la disputa hubiera sido más fuerte de lo que recordaba. Eso explicaría la frialdad de Jane.

—Rachel ha desaparecido —le dijo a Jane.

—¿Cuándo?

—Esta mañana.

—¿De verdad?

Su tono no expresaba interés. La habitación estaba inundada por un rancio olor a polvo, sudor, alcohol y tabaco frío. Esperó a que Jane le ofreciese una bebida. Vio, al menos, una botella de Haig & Haig en la que quedaban aún varios dedos de licor. Pero Jane se comportaba de manera obtusa. Agarraba el tubo de la aspiradora con el ceño levemente fruncido y la mirada perdida. Vivía sola en aquel apartamento demasiado luminoso. Donald nunca podía imaginarse del todo a la gente viviendo sola. Le parecía, en parte, más inconcebible que la vida en la luna. ¿Cómo se levantaban por la mañana? ¿Cómo sabían cuándo comer, o dónde, o cómo enfrentaban cualquiera de los pequeños problemas de la existencia? Cuando llegabas a casa después de estar solo en la calle, ¿cómo era soportable no contar con nadie a quien contarle todas las pequeñas cosas que te rondaban la cabeza? Cuando uno lo pensaba en serio, ¿para qué iba a vivir si no era por la intimidad totalitaria y protectora del matrimonio? Y aun así había una importante cantidad de mujeres como Jane Austin que pasaban sin ello. También había hombres que pasaban sin ello. Pero él, ¡él no podía ni pensarlo! Irse a la cama a solas, a un lado la pared, al otro lado un espacio vacío, ¡ningún calor más que el propio, ningún cuerpo en contacto con el tuyo! ¡Una soledad así era una indecencia! No le extrañaba que la gente que llevaba unas vidas tan obscenamente solitarias hiciera cosas sobria que *tú* sólo hacías cuando estabas borracho…

Miró a Jane y sintió una especie de lástima por ella, aunque la verdad es que hoy no estaba siendo muy amable.

Bueno, es posible que se sintiera un poco abandonada. Debería haberla llamado o haber hecho algún acercamiento después de los borrosos escarceos de aquella noche en el dormitorio.

El renovado estruendo del aspirador le asaltó bruscamente los oídos.

—¡Jane!

—Perdóname unos minutos. Estoy esperando a alguien y tengo que ordenar un poco.

Le dedicó una sonrisa rápida y dura mientras empujaba el aparato infernal por el suelo. El olor se hacía cada vez más nauseabundo. Levantó las piernas del suelo y se tumbó cuan largo era en el sofá.

¡No toleraría un trato así!

—Jane... ¡Jane!

Ella apagó el aspirador.

—¿Qué pasa?

—Me siento solo —dijo.

—¿Ah, sí?

—Jane, ¿tú nunca te sientes sola?

—Jamás.

—¿Por qué no te asientas, Jane?

—¿A qué te refieres?

—¡Cásate!

—¡Bah!

Iba a volver a encender el aspirador. Él se lo quitó y apoyó la barbilla en el asa.

Ella puso los brazos en jarras y lo miró con tanta hostilidad que casi lo intimidó.

—¿Dónde crees que está Rachel?

—¿Estás preocupado por ella?

—¡Oh, no— rió —no soy lo bastante optimista como para creer que se ha ido para siempre!

Jane ni sonrió ni lo volvió a mirar. Metió el aspirador en un armario y comenzó a sacudir los almohadones de plumas para devolverles su forma. Tiró de la punta de uno sobre el que él estaba descansando.

¡Aquello era intolerable!

La agarró por los hombros y la arrastró encima de él y aplastó su boca contra la suya. Trató de forzarla a que abriese los labios, a la vez que bajaba las manos por su espalda. De pronto sintió un golpe terrible en un lado de la cabeza. Lo dejó aturdido. Veía parpadeantes luces verdes y tenía unos asquerosos espasmos en el estómago. Se inclinó sobre el borde del sofá y aquel bicarbonato de sodio que había tomado en el *drugstore* se vertió en la poco adecuada copa de sus manos.

Se las restregó estúpidamente en el pañuelo.

—¿Con qué me has pegado?

Era una pregunta innecesaria. En el suelo yacían unos restos de cerámica azul que él reconoció haber visto en la forma de un jarrón que contenía un par de girasoles.

—Me podrías haber matado con eso —le dijo con tristeza.

Ella estaba encima, jadeando, y la indignación en su cara no era en absoluto fingida.

—¡Me pones enferma! —dijo—. ¡Ahora, por favor, vete!

La habitación no había cambiado durante su ausencia, sólo que la luz entraba por una ventana diferente. La luz era diferente. Mientras duró su desdichada excursión por la ciudad, la luz de la habitación había representado el circuito de una vida, desde la violencia hasta el agotamiento. Ahora no le miraba, ni le hacía peticiones violentas. Se quedaba junto a la ventana en una dorada vaguedad. El tábano también se había trasladado a esa otra ventana y mostraba un debilitamiento de su potencia. Contra la luz exterior, sus delicadas alas aún brillaban como llamitas azules, pero las furiosas embestidas contra la persiana se intercalaban ahora con períodos de reflexión, que parecían admitir que el fracaso había dejado de ser la menos imaginable de las eventualidades. Donald cruzó de inmediato hasta la persiana, y la abrió con delicadeza para que el tábano pudiese salir. Esta cosa bastante estúpida la hizo inconscientemente, como el que le abre la puerta a un gato o a un niño. Era un hombre muy amable. Había algo blando y pasivo en su mente que a menudo le hacía sensible a los problemas de criaturas más pequeñas o incluso más débiles que él. Se quedó un rato junto a la ventana. ¿Qué era lo que ese momento intentaba hacerle recordar? Oh, Dios mío, claro, aquella obra en la que había participado hacía tanto tiempo. Fue su primer trabajo como actor, hacía el papel de un minero adolescente que moría aplastado al derrumbarse un pozo. El papel de su madre lo hacía aquella vieja zorra de Florence Kerwin. Antes del telón final, ella se acercaba con lentitud a una ventana inundada de gelatina amarilla y decía en un trémulo susurro: «Toda puesta de sol es un recuerdo». Luego se contaba hasta cinco y caía muy despacio el telón. Antes de que el telón estuviera abajo los asientos abatibles ya estaban libres y el leve golpeteo de los aplausos se había perdido en el arrastrar de los pies. La misteriosa solterona de Alabama que había escrito la obra permanecía conteniendo el aliento a su lado entre bastidores cuando la vieja Florence Kerwin salió.

La actriz les echó una mirada y gritó: «¡La obra es una castaña!». El director también estaba allí, y la autora solterona se volvió hacia él, sin entender.

—¿Qué es una castaña? —preguntó.

—¡Un fruto seco! —le dijo él.

Donald le pasó el brazo por los hombros cuando ella se echó a llorar con esas lágrimas en las que se baña la inocencia cuando, llena de esperanza, se da de bruces con el brillante microcosmos de Broadway y, por encima de los temblorosos hombros de la señorita Charlotte Nosequé o Nosecuantines, de la que nunca se volvió a saber, vio cómo el menudo director, con una ira gélida, clavaba el aviso de suspensión de la obra en el tablón de anuncios.

Entonces Donald comenzó a buscar la nota que debía de haberle dejado Rachel para explicarle su muy larga ausencia. Miró en todos los sitios donde era posible haber dejado una nota, hasta debajo de la cama y en la estufa, por si se había caído al suelo. Por fin abrió el armario en el que Rachel guardaba su ropa. Entonces, por segunda vez en aquella tarde, recibió un golpe que le reventó el cráneo. La ropa no estaba en el armario. La maleta también había desaparecido. No quedaba casi nada, sólo unas perchas vacías.

«¡Rachel no va a volver!».

Mientras su nublada vista recuperaba el foco, se acercó a la pared en la que él había colocado, a pesar de las protestas de ella, la foto de Rachel caracterizada de luciérnaga. De sus labios colgaba la sonrisa alegre y artificial del mundo del espectáculo, el tutú de lentejuelas levantado enseñaba sus muslos desnudos. El pecho era visible a través de la transparente banda de gasa, nadie había tenido jamás un pecho tan encantador como seguía siendo el de Rachel, pero entonces…

En unos pocos momentos caería el telón final y ellos se irían a cenar y luego a casa para acostarse. En la habitación de hotel, la bajada de la persiana supondría el comienzo y no el fin de algo. ¡Oh, Dios, qué placer contuvieron aquellas noches del principio, cosas que ni con música se podrían expresar! ¿No era natural ser presumido en aquellos días? No había nada ridículo en ser presumido en aquellos días, cuando ambos eran jóvenes y ambos adorables, entonces, unidos en tan enloquecido abandono que la luz del sol debía aporrear las ventanas antes de que su manos y sus brazos y sus bocas comenzaran a separarse. Luego salían a desayunar sin haber dormido; Rachel sin medias, él sin calcetines o sin corbata, y se atiborraban, hambrientos como lobos, de boles humeantes de cereales y de tazas de dulce café solo y de fuentes de huevos con beicon. ¿Qué se decían? No parece que nunca hablasen; él no recordaba conversaciones entre ellos. Era todo deseo y satisfacción del deseo. Se ayudaban mutuamente a desvestirse cuando volvían del desayuno, quitándole al otro los zapatos con cuidado, y caían sobre la cama como un par de muñecas de trapo arrojadas por un niño, cruzados en tontas posturas, con demasiada luz en la habitación como para dormir, pero no con suficiente como para permanecer despiertos mucho tiempo…

Oh, Rachel, ¿adónde has ido?

No se podía pensar en otro refugio más que el sueño, así que se acercó a la cama y se quitó la ropa sin vitalidad. Debajo de las sábanas enroscó el cuerpo en una postura fetal. Apretó los dientes sobre una esquina de la almohada, la de ella, y comenzó a liberar sus lágrimas.

«¡Rachel, Rachel! ¡Oh, Rachel!».

Entonces, de repente, oyó los pasos de ella, que volvían.

Entró en una mezcla de gritos y sollozos. Antes de que él pudiera incorporarse en la cama ella había caído sobre él. Retiró las sábanas y le abrasó el rostro con sus lágrimas. Tenía los pómulos muy prominentes. Tenía muy poca carne en los brazos, estaba casi en los huesos, y sin embargo lo abrazaban tan fuerte que no podía respirar.

«Oh, Rachel», sollozó él, y ella gimió: «Donald, Donald».

El nombre de una persona a la que amas es algo más que lenguaje. Pero, al cabo de un rato, cuando su llanto se había calmado un poco, él meció la abrasadora cabeza de ella en la curva de su brazo y comenzó a recitar la letanía de sus penas. Le contó sus desventuras, las de aquel día y las que probablemente llegarían al siguiente. Le contó lo de su enfermedad, sus palpitaciones, su posible muerte en breve plazo. Le contó que había perdido su atractivo, que su tiempo había pasado. No le habían dado el papel con el que había contado. Gente desconocida se había reído de él por la calle. Y Jane lo había malinterpretado; le había golpeado en la cabeza con un jarrón azul de cerámica con el que podría haberle matado...

Y Rachel no dijo nada de sus desdichas, que eran casi tantas como las de él, sino que le puso los labios en la garganta y con infinita suavidad a todo lo que él le contaba contestó: «¡Lo sé, lo sé!».

1944 (Publicado en 1944)

Los misterios del Joy Rio

1.

Quizá porque se dedicaba a arreglar relojes, Mr. Gonzales había desarrollado una gran indiferencia hacia el tiempo. Un simple reloj puede suponer una influencia muy poderosa para un hombre, pero cuando un hombre vive rodeado de tantos relojes y despertadores como abarrotaban la diminuta y oscura tienda de Mr. Gonzales, algunos retrasando, otros adelantando, pero todos ellos haciendo monótonos tic-tacs, a su manera tontorrona, se ven despojados de su importancia debido a la cantidad, del mismo modo que una gema pierde su valor cuando hay muchas como ella que se pueden obtener de manera fácil y barata. En todo caso, Mr. Gonzales tenía unos horarios muy irregulares, si es que se puede decir que tenía horarios en absoluto, y si no hubiera llevado en él tanto tiempo, su negocio se habría resentido. Pero Mr. Gonzales llevaba en esa tienducha más de veinte años, desde que a los diecinueve había llegado a la ciudad para trabajar como aprendiz con el dueño original de la tienda, un hombre gordo y muy raro llamado Kroger, Emiel Kroger, que ahora llevaba mucho tiempo muerto. Emiel Kroger, que era un teutón románticamente pragmático, se tomaba el tiempo, la materia prima con la que trabajaba, con una intensa seriedad. En casi todas las áreas de su comportamiento había tomado como modelo un grueso reloj de plata perfectamente ajustado. Mr. Gonzales, que entonces era lo bastante joven como para que lo conocieran como Pablo, fue su único flirteo duradero con el confuso y voluble mundo que existe más allá de las regularidades. Había conocido a Pablo en una convención de relojeros en Dallas, Texas, donde Pablo, que había entrado ilegalmente desde México unos días antes, estaba vagando muerto de hambre por las calles y, en aquella época Mr. Gonzales, Pablo, no estaba gordo sino que tenía una lustrosa gracia oscura que había hechizado a Mr. Kroger por completo. Pues, como ya he señalado, Mr. Kroger era un hombre gordo y raro, susceptible a la clase de hechizo que el encantador y joven Pablo podía emitir. El encantamiento fue tan fuerte que interrumpió las prácticas efímeras y furtivas que a Mr. Kroger le habían ocupado toda la vida y lo indujo a llevarse al chico consigo a casa, a su tienda-residencia, donde Pablo, que ahora había crecido hasta alcanzar las maduras y rollizas proporciones de Mr. Gonzales, había vivido desde entonces, durante tres años antes de la muerte de su protector y durante más de diecisiete después, como heredero de la tienda-residencia, de los relojes de mesa y de bolsillo y de todo lo que Mr. Kroger había poseído salvo unas pocas piezas de una cubertería de plata que Emiel Kroger le había dejado como legado simbólico a una hermana casada que vivía en Toledo.

La pertinencia de algunos de estos detalles para la historia que se va a contar es dudosa. Lo importante es el hecho de que Mr. Gonzales se las había arreglado para esquivar de manera envidiable las regularidades que rigen la mayor parte de las vidas. Había días en que no abría la tienda, y días en que sólo la abría una hora o dos por la mañana, o al final de la tarde, cuando las otras tiendas ya había cerrado, y a pesar de esos caprichos se las arreglaba bastante bien para continuar, debido a la excelencia de su trabajo —cuando lo hacía—; al hecho de que estaba tan bien establecido a su manera discreta; a la ventaja de estar situado en un barrio en el que casi todo el mundo tenía un despertador viejo que había que poner en marcha para poner orden en sus vidas (pues la comunidad la formaban en su mayoría personas con empleos humildes). Pero también se debía en gran medida al hecho de que el ahorrador Mr. Kroger, cuando por fin sucumbió a una enfermedad crónica de los riñones, le había dejado una bonita suma de dinero en bonos del gobierno, y dicho capital, del que le llegaban unos ciento setenta dólares al mes, le habría bastado a Mr. Gonzales para llevar una vida corriente pero confortable, incluso si hubiera decidido no volver a hacer nada en absoluto. Era una lástima que, el finado hace ya mucho Mr. Kroger, no hubiese entendido qué clase de chico fundamentalmente pacífico había tomado bajo su ala. Qué mala suerte que no adivinase hasta qué punto todo le venía de perlas a Pablo Gonzales. Y, sin embargo, la juventud no revela su verdadera naturaleza de manera tan palpable como hacen los años posteriores, y Mr. Kroger había confundido el vivo encanto de su joven protegido, el parpadeante brillo de sus ojos y sus movimientos rápidos y nerviosos con algo difícil de mantener. Mientras la salud del caballero iba declinando, sin tregua durante los tres años que Pablo vivió con él, nunca tuvo la seguridad de que el pájaro de incalculable valor que había volado hasta su nido no fuera un ave de paso, sino una del tipo que prefiere mantener un compromiso fiel con un solo lugar, una de las que construyen nidos, y no sólo eso, sino de ese tipo tan poco común que devuelve el amor con la misma generosidad con que lo recibe. El muerto hacía mucho Mr. Kroger había prestado poca atención a su enfermedad, incluso cuando entró en la fase de dolor agudo, así de intensa fue su conciencia de lo que el consideró la estratagema para mantener a Pablo a su lado. Si hubiera llegado a saber que tanto tiempo después de su muerte el chico seguiría en el taller de relojes, ¡qué liberación habría sentido! Pero, por otro lado, tal vez esa ansiedad, mezclada como estaba con tanta ternura y tanto triste deleite, era en realidad una bendición, pues se interponía entre el viejo agonizante y su preocupación por la muerte.

Pablo no había volado nunca. Pero el dulce pájaro de la juventud había volado de Pablo Gonzales, dejándolo bastante triste, con una cara de un amarillo suave tan redonda como la luna. Arreglaba relojes y despertadores con maravillosa delicadeza, pero no les prestaba atención; se había habituado a sus muchos y pequeños ruidos como el que ha vivido siempre a la orilla del mar se acostumbra al ruido de las olas. Aunque no se daba cuenta, era por la luz por lo que medía el tiempo, y todas las tardes, cuando la luz había empezado a bajar (a través de la estrecha ventana de la aún más estrecha y polvorienta claraboya del fondo de la tienda), Mr. Gonzales se alzaba como un resorte desde su encorvamiento sobre la mesa revuelta y el flexo, se quitaba las gafas con las lentes de aumento y se echaba a la calle. No iba lejos y siempre tomaba la misma dirección, hacia el río, donde había un viejo teatro reconvertido en cine de tercera, que se especializaba en películas de vaqueros y otras películas de esa clase que tanto atraen a niños y adolescentes. El cine se llamaba Joy Rio, un nombre peculiar, pero no tan peculiar como el propio sitio.

El viejo teatro era una miniatura de los grandes teatros de ópera del viejo mundo, lo que significa que su interior era de un dorado desteñido y de un damasco increíblemente viejo y estropeado que se extendía hacia arriba en al menos dos niveles, y probablemente cinco. Las escaleras de arriba, es decir, las que había a partir de la primera galería, estaban acordonadas y sin iluminar y la parte alta del teatro estaba tan característicamente oscura, incluso cuando la pantalla parpadeaba ahí abajo, que Mr. Gonzales, habituado como estaba a trabajar con los relojes, no podría haberla distinguido desde abajo. Había estado allí una vez que se encendieron las luces, pero las luces lo habían confundido y avergonzado tanto que mirar hacia arriba era la última cosa que le apetecía hacer en el mundo. Había hundido la nariz en el cuello del abrigo y se había escabullido tan veloz como una cucaracha en busca de la sombra más cercana cuando se enciende la luz de la cocina.

Ya he apuntado que había algo un poco especial y oscuro en la continua asistencia de Mr. Gonzales al Joy Rio, y lo he hecho a propósito. Pues Mr. Gonzales había heredado algo más que los bienes materiales de su finado benefactor: también se había hecho cargo de las prácticas fugaces, furtivas, en lugares oscuros, las prácticas que Emiel Kroger había abandonado sólo cuando Pablo había irrumpido en su crepuscular existencia. El viejo le había dejado a Mr. Gonzales el legado completo de su vergüenza, y ahora Mr. Gonzales hacía las cosas tristes y solitarias que Mr. Kroger había estado haciendo durante tanto tiempo antes de que su duradero amor llegase a él. Mr. Kroger incluso había practicado aquellas cosas en el mismo lugar en que ahora las practicaba Mr. Gonzales, en los abundantes rincones misteriosos del Joy Rio, y Mr. Gonzales lo sabía. Lo sabía porque Mr. Kroger se lo había dicho. Emiel Kroger le había confesado su vida y su alma enteras a Pablo Gonzales. Era su teoría, la teoría de la mayor parte de los inmoralistas, la de que las mentiras suponen una carga intolerable para el alma, que para poder vivir en el mundo tiene que contárselas al mundo y que, a menos que sea liberada de ese peso mediante la completa sinceridad con *otra* persona, en la que se confía y a la que se adora, el alma acabará por derrumbarse bajo su carga de falsedad. Gran parte de los últimos meses de la vida de Emiel Kroger, cada vez más apagado por la morfina, fueron consagrados a esas confesiones susurradas a su adorado aprendiz, y fue como si exhalase el alma culpable de su pasado en los oídos y el cerebro y la sangre de joven que escuchaba, y al poco tiempo de la muerte de Mr. Kroger, Pablo, que se había mantenido delgado hasta entonces, empezó a acumular grasa. Nunca llegó a estar ni de lejos tan gordo como Emiel Kroger, pero su delicada figura desapareció tristemente de la vista entre las impertinentes curvas de una cetrina rechonchez. Una por una las perfecciones que había ostentado fueron replegándose mientras Pablo se embutía en sus grasas como una viuda en sus lutos. Durante un año la belleza todavía sobrevivió en él, fantasmal, cediendo sin pausa, y al final desapareció de golpe, y a los veinticinco él era ya el gordito insulso y con cara de torta que era ahora, a los cuarenta, y si en cualquier momento del día alguien a quien le debiera una respuesta sincera le hubiese preguntado a él, Pablo Gonzales, cuánto pensaba en el finado Mr. Kroger, lo más probable es que él se hubiera encogido de hombros antes de decir: «Ya no mucho. Ha pasado mucho tiempo». Pero si la pregunta se la hicieran mientras dormía, el cándido corazón del dormido habría contestado «Siempre, ¡Siempre!».

2.

Resulta que en la gran escalera de mármol, la que subía de la primera galería del Joy Rio hasta el dudoso número de galerías que había arriba, habían desplegado una grasienta tira medio podrida de terciopelo pasado, del centro de la cual colgaba una señal que advertía de NO PASAR. Pero aquella tela no siempre había estado allí. Llevaba allí veinte años, pero el finado Mr. Kroger había conocido el Joy Rio en los tiempos anteriores, cuando la escalera no estaba acordonada. En aquellos tiempos las misteriosas galerías superiores del Joy Rio habían sido una especie de paraíso de los ociosos en el que casi cualquier capricho o modalidad de la carnalidad había proliferado en una oscuridad tan espesa que sólo mediante el tacto se podía dar con la eventual compañía. No había filas de bancos (como sí las había en la platea y en la galería que aún seguía en uso), sino hileras de pequeños palcos que se extendían en semicírculo de un lado a otro del gran proscenio. Era posible encontrar en algunos de los palcos sillas tumbadas con las patas rotas y jirones de viejas cortinas aún colgaban de los raíles metálicos en los arcos de entrada. Según Emiel Kroger, que es la única autoridad de que disponemos que comparta antigüedad con esos misterios, uno vivía allí, en los pisos superiores del Joy Rio, una existencia casi ciega en la que tenía que desarrollar unas habilidades sobrenaturales en los otros sentidos, el del olfato, el del tacto, el del oído, si quería mantenerse a salvo de espantosos errores, como el de agarrar la rodilla de un niño cuando se buscaba la de una niña, y de hecho de vez en cuando se daban pequeñas escenas de pánico cuando una confusión de sexo o de compatibilidad no se había resuelto antes de un punto en el que era ya necesario tomar medidas extremas. Se habían producido muchas peleas, incluso habían cometido violaciones y asesinatos en aquellos vetustos palcos, hasta que por fin la oscura gerencia del Joy Rio se había visto obligada, por la presión de la notoriedad, a clausurar aquella zona del inmenso y viejo edificio que ofrecía el principal aliciente, y el Joy Rio, floreciente hasta entonces, había entrado en un rápido declive. Lo habían cerrado y vuelto a abrir y vuelto a cerrar y vuelto a abrir. Durante varios años se abrió y cerró como el abanico de una nerviosa dama. Aquéllos fueron los años en que Mr. Kroger se estaba muriendo. Después de su muerte continuaron las irregularidades durante un tiempo, pero desde hacía diez años el Joy Rio se había mantenido como cine de tercera y sólo había estado cerrado una semana durante la amenaza de la epidemia de poliomielitis de hacía unos años, y otra vez cuando un pequeño incendio había dañado la cabina de proyección. Pero no había pasado nada de tal naturaleza que pudiese provocar un alboroto. No había quejas a la dirección o a la policía, y la oscura gloria de los pisos superiores era ya una leyenda en los recuerdos de aquéllos como el finado Mr. Kroger y el vivo Pablo Gonzales, y uno por uno, como era de esperar, aquellos recuerdos fueron muriendo y la leyenda murió con ellos. Lugares como el Joy Rio y las leyendas que generan le hacen a uno consciente del breve florecimiento y el largo ocaso de las cosas. El ángel de un lugar así es un gordo ángel de plata de sesenta y tres años con una chaqueta llena de brillos de alpaca azul oscuro, con unos dedos gordezuelos y cortos que dejan una marca de humedad en lo que tocan y que sudan y tiemblan cuando acarician entre susurros; un ángel así es al que echan de una patada del cielo y del que se ríen en el infierno y sólo se le admite en la tierra por su vieja malicia, su talento para hacer de sí un lugar de falsificación y por la connivencia de aquellos a los que se puede corromper con un cuarto de dólar y una sonrisa amarillenta.

Pero la reforma del Joy Rio no era del todo completa. Sólo se había reformado hasta el grado de la virtud aparente, pero en los corredores traseros de la primera galería, a ciertas horas de la tarde y muy tarde por la noche, pasaban cosas del tipo de las que de vez en cuando buscaba Mr. Gonzales. A esas horas el Joy Rio tenía pocos clientes, y como los asientos de la platea estaban en condiciones mucho mejores, era de esperar que los que se habían sentado a ver cómodamente la película se quedasen abajo; los que habían elegido sentarse en los pasillos casi desiertos de la primera galería tampoco se movían, porque en esa zona estaba permitido fumar, o porque…

Había un peligro, por supuesto, siempre hay un peligro con los sitios y las cosas como aquél, pero Mr. Gonzales era una persona indecisa y poco dada a saltar sin mirar. Si un cliente se había internado en la primera galería sólo para fumar, uno podía más o menos contar con que ocuparía un asiento en el pasillo. Si el cliente se molestaba en acercarse hasta el centro de una fila de asientos tan maltrecha como la mandíbula del pobre Yorick, uno podía suponer, con la misma infalibilidad con que puede suponer cualquier cosa en un universo en el que el azar es la única variable, que había elegido su asiento con algo más que un cigarrillo en mente. Mr. Gonzales no se arriesgaba mucho. Era una muestra de respeto con la que rendía el debido homenaje al querido y sabio espíritu del finado Emiel Kroger, aquel teutón pragmáticamente romántico que solía murmurarle a Pablo, entre el sueño y la vigilia, una especie de hechizo que decía así: «Algunas veces lo encontrarás y otras veces no lo encontrarás y las veces en que no lo encuentres son las veces en que tienes que tener cuidado. Ésas son las veces en que tienes que recordar que otras veces lo *encontrarás*, no *esta* vez, pero sí la *siguiente*, o la *siguiente a la siguiente*, y entonces tienes que ser capaz de volver a casa sin ello, sí, esas veces son las veces en las que tienes que ser capaz de volver a casa sin ello, volver *solo* a casa sin ello…».

Pablo no sabía, entonces, que alguna vez le sería necesaria aquella sabiduría práctica que su benefactor había amasado a lo largo de casi toda una vida de búsqueda de un placer que era casi tan irreal y en el fondo tan poco satisfactorio como un abrazo en un sueño. Pablo no sabía entonces que heredaría tanto del viejo que cuidaba de él y, en aquella ocasión en que Emiel Kroger, entre la bruma de la morfina y con la debilidad que seguía a la hemorragia, había vertido en los delicados oídos de su aprendiz, gota a gota, la destilación de todo aquello que había aprendido en los años antes de conocer a Pablo, el chico había sentido ante ese susurro los mismos horror y piedad que le había inspirado la enfermedad mortal en el cuerpo de su benefactor y, sólo con el paso del tiempo, a lo largo de los años en que el hombre y su susurro se habían apagado, había empezado aquel cantarín galimatías a cobrar algún sentido para él, aquella sabiduría práctica gracias a la cual un hombre como aquel en el que se había convertido Pablo, un hombre como Mr. Gonzales, podría vivir con seguridad y tranquilidad y aun así hallar placer…

3.

Mr. Gonzales era cuidadoso, y para la gente cuidadosa la vida tiene tendencia a adoptar el papel de un llano casi yermo en el que sólo de vez en cuando, en amplios intervalos, crece una solitaria palmera que da sombra a una pequeña primavera. La vida de Mr. Kroger no había conocido mucha variación hasta que se había topado con Pablo en la convención de relojeros en Dallas. Pero en la vida de Mr. Gonzales no había habido ningún Pablo. En su vida sólo habían estado Mr. Kroger y la clase de cosas que Mr. Kroger había buscado y a veces encontrado, pero que la mayor parte del tiempo había seguido buscando con paciencia en la gran extensión de terreno árido que había sido su vida antes del descubrimiento de Pablo. Y como no es mi intención alargar esta historia más de lo que su contenido parece requerir, no voy a tratar de mantener vuestra atención con una descripción de las escasas palmeras que se alzaron en el monótono desierto por el que vagó el sucesor de Emiel Kroger tras la muerte del hombre que había sido su vida. Pero os voy a trasladar precipitadamente a una tarde de verano que llamaremos *Ahora* y en la que Mr. Gonzales se dio cuenta de que estaba muriéndose, y no sólo muriéndose sino muriéndose de la misma enfermedad que había colocado el punto bajo el signo de interrogación de Emiel Kroger. La escena, si es que puedo llamarla así, tiene lugar en la consulta de un médico. Después de unos rodeos por parte del médico, se pronuncia la palabra maligno. Le ponen la mano en el hombro, con un consuelo casi despectivo, y a Mr. Gonzales le aseguran que la cirugía no es necesaria, puesto que el estado no es susceptible de ayuda, pero que las drogas relajarán los órganos dañados. Y después la escena queda a oscuras…

Ahora ha pasado un año. Más o menos, Mr. Gonzales se ha recuperado de la horrible información recibida del médico. Ha estado reparando relojes casi tan bien como siempre, y su modo de vida apenas ha sufrido alteración. Salvo que la tienda está cerrada con mayor frecuencia. Es evidente, ahora, que la enfermedad que padece no pretende destruirlo con más rapidez que al hombre que lo precedió. Crece despacio, el tumor y, de hecho, hace poco ha presentado signos de lo que se conoce como remisión. No hay dolor, casi ninguno y casi nunca. El síntoma más palpable es la falta de apetito y, como resultado, una continua pérdida de peso. Ahora, de manera bastante espantosa, una grácil similitud a la delicada complexión de Pablo ha emergido de los molestos contornos que la habían sepultado después de la ya lejana muerte de Emiel Kroger. Los espejos no son muy buenos en el pequeño y oscuro taller en el que vive su larga espera por la muerte, y cuando se mira en ellos Mr. Gonzales ve al chico que amaba el hombre que él amó. Casi es Pablo. Pablo casi ha vuelto desde Mr. Gonzales.

Y entonces, una tarde…

4.

El nuevo acomodador del Joy Rio era un chico de diecisiete años, y el menudo director judío le había dicho que debía prestar especial atención a la escalera clausurada para que nadie se deslizara escalera arriba hacia las regiones de las galerías superiores, pero este chico estaba enamorado de una chica llamada Gladys que iba al Joy Rio todas las tardes, ahora que el colegio había cerrado por las vacaciones de verano, y pasaba el tiempo merodeando por la entrada donde George, el acomodador, tenía su puesto. Llevaba una blusa fina, casi transparente, y apenas nada más debajo. Solía llevar una falda de un fino tejido sedoso que seguía el contorno de sus nalgas en forma de corazón con el mismo embeleso que las manos de George cuando la abrazaba en el oscuro baño de señoras de la platea alta del Joy Rio. Un delirio sensual lo poseía aquellas tardes en que Gladys merodeaba cerca de él. Pero la dirección del Joy Rio, que había cambiado recientemente, no era estricta, y en verano se relajaba la vigilancia más que de costumbre. George se quedaba cerca de las escaleras de la entrada, moviéndose con impaciencia en su estrecho uniforme descolorido hasta que Gladys aparecía desde las soñolientas calles, en una suave marea de perfume de lilas. Parecía no haberle visto mientras recorría con parsimonia el camino que él señalaba con la linterna, y se sentaba al fondo de la parte de la orquesta, donde él la podría encontrar fácilmente cuando la «costa estuviera despejada», o si él la hacía esperar demasiado y la película la aburría más de lo habitual, volvía al vestíbulo y le preguntaba con tono aniñado: «¿Dónde está el baño de señoras, por favor?». A veces él la maldecía con fiereza entre dientes por no haber esperado. Pero le indicaba el camino a las escaleras, y ella subía y lo esperaba allí, y la certeza de que estaba arriba esperándolo acababa venciendo su prudencia hasta el punto de que abandonaba su puesto incluso si el menudo director, Mr. Katz, había dejado la puerta de su despacho abierta. Por lo demás, el baño de las mujeres no se usaba. Tenía el interruptor roto y, si lo habían arreglado, las bombillas habían desaparecido misteriosamente. Cuando otras damas que no eran Gladys preguntaban por él, George contestaba con aspereza: «El baño de señoras no funciona». Era un refugio casi perfecto para los jóvenes amantes. La puerta entreabierta dejaba la suficiente visión sobre las grandes escaleras de mármol para que George saliera con las manos en los bolsillos antes de que quienquiera que viniese lo pudiera coger con las manos en la masa. Pero aquellas interrupciones a veces lo enfurecían, especialmente cuando un cliente insistía en que le prestase la linterna para usar el baño en el que esperaba Gladys con la falda de seda arrugada recogida sobre los flancos (apoyada contra el invisible lavabo seco), que eran el inflamado corazón negro del verano insaciablemente cóncavo.

En los viejos tiempos, Mr. Gonzales solía ir al Joy Rio al final de la tarde, pero desde su enfermedad había empezado a ir más temprano porque los días le cansaban antes, especialmente los húmedos días de agosto en curso. Mr. Gonzales sabía lo de George y Gladys; era asunto suyo, por supuesto, saber todo lo que había que saber del Joy Rio, que era su paraíso en la tierra y, por supuesto, George también conocía a Mr. Gonzales; sabía por qué Mr. Gonzales le daba una propina de cincuenta centavos cada vez que le preguntaba el camino al baño de hombres de arriba, todas las veces como si nunca hubiera subido antes. George murmuraba algo para sus adentros, pero los impuestos que cobraba de clientes como Mr. Gonzales aseguraban su complicidad con sus prácticas venales. Pero un día de agosto, una de las más calurosas y cegadoramente luminosas tardes, George se encontraba tan absorbido por las delicias de Gladys que Mr. Gonzales llegó a lo alto de las escaleras antes de que George oyera sus pasos. Entonces los oyó y aplastó la sudorosa palma de la mano sobre la boca de Gladys, que estaba repleta de tartamudeos alrededor de su nombre y del nombre de Dios. Esperó, pero Mr. Gonzales también esperó. Mr. Gonzales estaba en realidad esperando en lo alto de las escaleras a recuperar el resuello después de la subida, pero George, que podía verle a través de la puerta entreabierta, sospechaba que lo que esperaba era descubrirlo saliendo de su lugar secreto. La furia hirvió en el chico. Empujó a Gladys con violencia contra el lavabo y salió del cuarto de baño sin siquiera molestarse en abrocharse la bragueta. Se abalanzó sobre la delicada figura que esperaba cerca de las escaleras y comenzó a gritarle una palabra espantosa a Mr. Gonzales, la palabra «morfodita». Su tono era agudo como el de un pájaro selvático, al gritar la palabra «morfodita». Mr. Gonzales empezó a recular para alejarse de él, con la ligereza y la gracia de su juventud, alejándose del furibundo rostro y de los amenazantes puños del acomodador, sin dejar de murmurar: «No, no, no, no, no». El joven se interponía entre él y las escaleras de bajada, de modo que Mr. Gonzales alzó el vuelo hacia la escalera de subida. De repente, rápido y ligero como nunca se había movido, Pablo se deslizó bajo la banda de terciopelo que tenía el cartel de «No pasar». La persecución de George se vio interrumpida por el director del teatro, que agarró su brazo con tal fuerza que el uniforme se rasgó por los hombros. Esto dio pie a un nuevo alboroto que Mr. Gonzales aprovechó para escabullirse y subir y subir la escalera prohibida hacia regiones de una sombra cada vez más profunda. Hubo varios puntos en los que se podría haber detenido y quedado a salvo, pero su vuelo había alcanzado una velocidad irresistible y las piernas se le movían como pistones haciéndole subir y subir, y entonces...

En lo alto de la escalera fue interceptado. Se giró a medias cuando vio la vaga figura que esperaba arriba; a punto estaba de volverse y bajar de nuevo las grandes escaleras de mármol cuando fue llamado por su nombre de juventud en un tono tan autoritario que se detuvo y esperó sin atreverse a mirar otra vez arriba.

—Pablo —dijo Mr. Kroger—, sube aquí, Pablo.

Mr. Gonzales obedeció, pero el falso poder que le había dado el terror huyó de su cuerpo y necesitó mucho esfuerzo para subir. En lo alto de las escaleras, donde esperaba Mr. Kroger, habría caído exhausto de rodillas si el viejo no lo hubiera sostenido por el codo con mano firme.

Mr. Kroger dijo: «Por aquí, Pablo». Lo condujo a la negrura estigia de uno de los pequeños palcos de la antaño dorada herradura del pasillo más alto. «Ahora siéntate», ordenó.

Pablo estaba demasiado jadeante como para decir nada salvo «Sí», y Mr. Kroger se inclinó sobre él y le desabotonó el cuello, le soltó la hebilla del cinturón, sin dejar de murmurar, «No te preocupes, no te preocupes, Pablo».

El pánico se disolvió bajo aquellos viejos dedos balsámicos y la respiración se hizo más lenta y el pecho dejó de doler como si un zorro estuviera enjaulado en él, y entonces, por fin, Mr. Kroger comenzó a aleccionar al muchacho como solía hacer: «Pablo» murmuraba, «no llegues nunca a tener tanto miedo de estar solo como para olvidar tener cuidado. No olvides que a veces lo encontrarás pero otras veces no tendrás suerte, y ésas son las veces en que tienes que ser paciente, ya que la paciencia es lo que debes tener cuando no tengas suerte».

La lección continuó en su oído suave y tranquilizadora, familiar y repetitiva como el péndulo del reloj en un dormitorio, y si su antiguo protector e instructor, Mr. Kroger, no hubiera seguido todo el tiempo calmándolo con el húmedo y cálido tacto de sus temblorosos dedos, el oscurecimiento gradual de las cosas, su desvanecimiento de la existencia habrían aterrado a Pablo. Pero la voz y los dedos de antaño, como si nunca lo hubieran dejado, siguieron desabotonando, tocando, calmando, repitiendo la antigua lección, diciéndola una y otra vez como las cuentas del rosario de un penitente: «A veces lo tendrás y a veces no lo tendrás, así que no te preocupes por ello. Debes ser capaz siempre de volver a casa sin ello. Ésas son las veces en que tienes que recordar que otras veces lo conseguirás y que no importa que a veces no lo consigas y te tengas que ir a casa sin ello, volver solo a casa sin ello, volver solo a casa sin ello». El dulce consejo siguió, y mientras seguía, Mr. Gonzales se alejó de todo salvo de la anciana voz sabia de su oído, y al final también de ella, pero no antes de haber sido reconfortado del todo por ella.

1941 (Publicado en 1954)

*Mal
trago* es el sexto libro de la colección La mujer cíclope. Compuesto
en tipos Dante, este texto se terminó de im-
primir en los talleres de KADMOS por cuenta de ERRA-
TA NATURAE EDITORES en abril de dos mil diez, camino
ya de los cinco siglos desde aquella mañana en que el
explorador Juan Pardo lideró las huestes españolas hacia
el interior de la desconocida Norteamérica y escuchó de boca de una bellísima indígena el vocablo «Tanasqui», que de-
signaba el poblado de la muchacha y que acabó derivando
en el de «Tennessee» y dando nombre a uno de los cincuenta estados (sí, es una derivación extraña, pero más
extraño es, si lo piensan bien, que Juan Pardo hiciera caso omiso de la muchacha y siguiera enfi-
lando hacia el norte hasta que los nativos
aniquilaron uno a uno a todos
sus hombres).